À fleur de peau

Né le 19 juillet 1923 à Aberdeen, dans le Dakota du Sud, Joseph Hansen enseigne à l'Université de Californie. Au début de sa carrière, il est surtout réputé dans les milieux littéraires américains pour ses poèmes publiés sous son véritable nom. Puis il signe sous les noms de plume de Rose Brock et James Colton plusieurs romans et nouvelles qui traitent « aussi fidèlement que possible de l'homosexualité en tant que partie intégrante de notre vie contemporaine et non comme une chose bizarre et étrange... » Il fut le premier à créer une série policière ayant pour héros un homosexuel, Dave Brandstetter.

Joseph Hansen

À fleur de peau

Traduit de l'anglais (États-Unis)
par Pascal Loubet

ÉDITIONS DU MASQUE

Ce roman a paru sous le titre original :

SKINFLICK

*A la mémoire du Docteur Fou
Qui est parti trop tôt.*

© JOSEPH HANSEN, 1979
ET ÉDITIONS DU MASQUE - HACHETTE LIVRE, 2001

1

Il se gara en plein soleil dans une étroite rue en pente dont les plaques en ciment blanches fendillées étaient jointes par du goudron, luisant, qui semblait fondu. Il resta assis encore un peu dans le courant d'air glacé des grilles d'aération du tableau de bord. Elles étaient ouvertes depuis qu'il était monté dans la voiture vingt minutes plus tôt, mais il avait déjà le dos de la chemise trempé de sueur. C'était rare, à Los Angeles. Il détestait ça. Et cette fois, ça s'éternisait.

Tout avait brutalement commencé trois semaines auparavant, quand il était au cimetière. Les neuf veuves de son père semblaient prêtes à s'effondrer. La lumière implacable avait décoloré les fleurs. La chaleur implacable avait réussi à atteindre le tas de terre à côté de la tombe, pourtant protégé par une couverture de gazon artificiel d'un vert brillant. Il était resté à regarder les croque-morts remplir le trou. La terre était desséchée. Même les parois bien droites étaient sèches…

Mais qu'est-ce qui lui prenait de penser à ça, bon sang ? Il coupa le moteur, s'empara de sa veste et descendit de voiture.

La portière retomba derrière lui. Dans la fournaise, il enfila sa veste d'un geste et traversa la rue. La maison le regardait, aveugle et accablée de soleil, par-dessus les lauriers-roses. Les rideaux étaient tirés. La porte du garage baissée. C'était difficile de construire dans ce coin. La façade de la maison donnait presque directement sur la rue. Sur le minuscule bout d'allée en pente menant au garage, on avait enlevé le gros Scotch posé par la police pour délimiter l'endroit où on avait trouvé un cadavre. Mais l'adhésif était resté sur le ciment, la poussière de l'été et de la rue y avait collé et soulignait de nouveau le contour d'une trace noirâtre. Des pneus étaient passés dessus, mais il n'y avait pas d'autres traces. Gerald Ross Dawson n'avait pas saigné. Il était mort la nuque brisée.

Des cyprès se massaient devant la porte, couverts de toiles d'araignées, pas taillés. À tâtons, il trouva la sonnette derrière le feuillage. Il appuya dessus et un carillon discret résonna. Dave connaissait ces quatre notes. Adolescent, sans bien comprendre pourquoi, il avait suivi comme son ombre un séduisant jeune homme fidèle des réunions pentecôtistes. La sonnette des Dawson commençait comme un chœur de gospel, *Love Lifted Me*. Personne ne venait ouvrir. Il laissa la trotteuse faire le tour du cadran de sa montre avant de sonner encore une fois. À nouveau les mêmes notes. Et toujours personne. Il inclina la tête. Ne sentait-il pas de la fumée ?

Une allée longeait la façade, des dalles de ciment couvertes de mousse jaunie et rendue friable par la chaleur. Levant un bras pour écarter les lauriers-roses mal taillés, il s'y engagea. Au coin de la maison, l'allée laissait la place à des marches en ciment envahies par du lierre. Il les monta, certain à présent d'avoir bien senti de la fumée. En haut, sur un patio où trônaient des jardinières d'azalées et des fauteuils en séquoia couverts de feuilles mortes, un jeune homme d'environ 18 ans, brun et enveloppé, brûlait des magazines dans un barbecue en brique. Il était seulement vêtu d'un jean. Le gril était posé à ses pieds nus. Il s'impatientait et tisonnait les pages glacées qui noircissaient et se tordaient dans des flammes que la lumière du jour rendait quasi invisibles.

Il tournait presque le dos à Dave. C'était un jeune mec velu, sur les bras, et même les pieds. Il s'apprêtait à jeter dans le barbecue un magazine, puis il se ravisa. Il essuya son front en sueur et Dave vit le titre du magazine : *Frisco Nymphets*. La photo en couleurs représentait trois petites filles de 10 ans, peut-être, totalement nues. Le jeune homme tisonna brutalement les flammes et Dave entendit comme une sorte de gémissement. Il agita le magazine comme un éventail, indécis, puis il le laissa tomber dans les flammes. Dave en sentait la chaleur. Il ne voulait pas s'approcher, mais il le fit quand même.

– Bonjour ! lança-t-il.

Le garçon fit volte-face, la bouche ouverte, les yeux écarquillés. Il lâcha le tisonnier qui heurta bruyamment le rebord du barbecue. L'air terrorisé, sans quitter Dave des yeux, il tâtonna derrière lui pour dissimuler les magazines. Ça ne suffirait pas. Il recula et s'assit dessus. L'un d'eux glissa du rebord du barbecue et tomba sur les dalles. *Six-to-Niners*. Sur la couverture, les petites filles serraient des canetons jaunes dans leurs bras. Le garçon le ramassa prestement et le jeta dans le feu. Les flammes furent étouffées et des volutes de fumée âcre s'élevèrent autour d'eux. Dave toussa, s'éventa d'une main et se cogna la cuisse contre la table en reculant.

– Venez par là, dit-il.

– Qu'est-ce qu'il y a ? bafouilla le garçon. Qui vous êtes ?

– Je m'appelle Brandstetter, dit Dave en lui tendant sa carte. Je suis enquêteur pour une compagnie d'assurances. Ça concerne Gerald Ross Dawson, le défunt. Je suis venu voir Mrs Dawson.

– Elle n'est pas là. (Il toussa, s'essuya les yeux et plissa le front en considérant la carte dans le nuage de fumée. Ses épais sourcils noirs formaient une barre ininterrompue.) Elle est allée au funérarium. Avec des dames qui sont venues à l'église. Elles sont parties voir mon père.

– Vous êtes Gerald Dawson Junior, alors ?

– Bucky. Personne ne m'appelle Gerald Dawson Junior.

– Vous aviez froid ? Vous étiez à court de charbon de bois ?

– Je ne comprends pas…

– C'est un drôle de combustible. D'où vous les sortez ?

– Je les ai trouvés dans… (Il se reprit.) Ils sont à moi. Ça me fait honte. Je voulais m'en débarrasser. Je n'ai pas eu l'occasion avant.

– Ce genre de magazines, ça coûte très cher. Il y en avait combien… Dix ? Une douzaine ? Ça fait cinquante, soixante dollars, peut-être plus. Vous avez de la chance qu'on vous donne autant d'argent de poche. Votre père devait avoir beaucoup d'estime pour vous.

– Et voyez comment je le lui ai rendu !

– On ne peut pas acheter que des bibles… Mais les magasins spécialisés dans ce genre de trucs ne vendent pas aux mineurs. Vous avez dû avoir du mal à vous les procurer. Vous ne regrettez pas de les brûler ?

– Plus maintenant. Je les déteste ! (Cette fois, les larmes qui lui montaient aux yeux n'étaient pas dues à la fumée. Elle commençait à se dissiper.) C'était un si bon père. Et moi je suis un tel pécheur.

– N'en faites pas non plus une montagne. On a tous eu 18 ans. Quand revient votre mère ?

– Ne lui dites pas que j'étais occupé à faire ça !

– Je ne pose que des questions.

– La police les a déjà toutes posées. Pourquoi

vous voulez recommencer? Il est trop tard. Trop tard pour tout. Ils ont même gardé son corps en ville pendant dix jours.

Bucky se détourna vivement pour tenter de cacher ses larmes. Il regagna le barbecue et tisonna à l'aveuglette les papiers rougeoyants. La fumée s'éleva de nouveau. Il souffla dessus en reniflant. De petites flammes jaillirent.

– C'est demain qu'ils vont enfin nous laisser l'enterrer. Vous ne pouvez donc pas nous ficher la paix?

– Où était-il, la nuit où on l'a tué? demanda Dave.

– Je ne mérite même pas de porter son nom. Il n'a jamais fait la moindre saleté dans sa vie. Regardez ça. Je ne fais que des cochonneries. Je prie, je prie... (Il donna des coups de tisonnier hargneux aux magazines, indigné, désespéré.)... mais je n'arrive pas à être sain. Regardez-moi. (Il se tourna brusquement en écartant les bras. Des flocons de cendre grise s'étaient pris dans la toison noire sur sa poitrine et son ventre.) Couvert de poils. Tout le monde peut voir ce que je suis. Un animal!

– Ce sont les gènes, dit Dave. Il découchait souvent?

– Quoi? (Le garçon cligna des paupières et baissa lentement les bras, comme si on l'avait brusquement tiré d'un sommeil de somnambule.) Non! Jamais! Pourquoi il aurait fait ça? Parfois il était en retard. Mais c'était à cause de son travail à l'église.

– Quel genre ?

– Ce quartier… (Bucky déchiquetait un magazine, roulait les morceaux en boule et les jetait rageusement dans les flammes.)… ce n'est pas un endroit pour les chrétiens. Ni pour élever des enfants. Ce qui se passe dans ce parc… il n'y a pas de nom pour ça. Vous avez vu les boutiques qui vendent des saletés, ces bars pour pervers, et puis les films qu'ils passent ? Dégoûtant ! (Il déchira le magazine.) Un endroit dégoûtant, des gens dégoûtants ! Brûle ! cria-t-il au feu. Brûle ! Mais brûle !

– Il essayait d'y faire le ménage ? demanda Dave.

Bucky se raidit, boudeur.

– Je ne sais pas… La police a trouvé de la terre sur ses habits. Il était allé dans un endroit où il y a des chevaux. Il s'était fait un ennemi de Lon Tooker.

– La librairie Le Trou de Serrure, dit Dave.

– C'est ça. Il a des chevaux là où il habite, à Topanga Canyon. C'est pour ça qu'on l'a arrêté. Vous ne savez donc rien ?

– J'ai lu le rapport de police. Et c'est pour ça que je suis là. Il ne me satisfait pas.

– Vous ? Qu'est-ce que ça change ?

– Ça fait cinquante mille dollars de plus ou de moins.

Le visage de Bucky pâlit sous la suie qui le maculait.

– Vous voulez dire que vous pourriez garder sa prime d'assurance ? C'est pour payer mes études à l'université. Faire vivre ma mère. Elle ne peut pas travailler, elle est handicapée.

– Je ne veux pas la garder, mais certaines petites choses clochent, et je dois trouver pourquoi.

– La seule chose qui cloche, c'est qu'il soit mort. (Les larmes revinrent.) Comment Dieu a-t-il pu faire ça ? C'était un serviteur de Dieu. Il agissait selon la volonté de Dieu.

– Lon Tooker était à sa boutique jusqu'à minuit.

– C'est ce que prétend le taré qui travaille pour lui, ricana le garçon velu. Quand on travaille dans un endroit pareil, qu'est-ce que ça coûte de mentir ?

– Les horaires de la boutique sont inscrits sur la porte. De midi à minuit en semaine. Et s'il les respecte, il ne pouvait pas être rentré chez lui avant au moins 2 heures. Topanga, c'est pas la porte à côté.

– Ça veut dire quoi ? fit Bucky en déchirant un autre magazine. Ma mère a seulement trouvé le corps de mon père en sortant le matin prendre le *Times*.

– Mais le légiste affirme qu'il est mort entre 22 heures et minuit.

– Je suis rentré à minuit. J'étais allé m'entraîner au basket à l'église. Il n'était pas là. Je l'aurais vu.

Une autre boule de papier glacé termina dans le feu. L'espace d'une seconde, une collégienne nue jeta par-dessus son épaule maigre un regard séducteur à Dave avant de disparaître.

– Le lieutenant Barker pense que le légiste a pu se tromper.

– « A pu », ça ne signifie pas « s'est »

– Il est rentré, descendu de voiture pour ouvrir le garage, et Lon Tooker lui a sauté dessus. C'est comme ça qu'il a eu sur lui ces trucs de chevaux.

– C'est bien trouvé. Vous avez entendu la lutte ? Où dormez-vous ?

Bucky désigna du menton les fenêtres du coin.

– Là-bas. Je n'ai rien entendu. J'étais fatigué. J'ai dormi profondément. (Il arracha une autre poignée de pages.) De toute façon, qu'est-ce que vous voulez qu'il y ait eu comme lutte ? Tooker l'a attaqué par-derrière et lui a brisé le cou. On apprend ça dans les Marines. Tooker était Marine pendant la Seconde Guerre.

– Ça a l'air facile au cinéma.

– C'est ce qui s'est passé.

– Tooker aurait dans les 55 ans. Votre père en avait dix de moins.

– Il ne savait absolument pas se battre. (Bucky donna un coup de tisonnier au papier brûlé et de gros morceaux s'envolèrent vers le ciel comme des chauves-souris malsaines. Elles se posèrent au-dessus d'un bout de toit couvert de lierre.) C'était un chrétien.

– Ce n'était pas un soldat du Seigneur ?

– Vous vous moquez de lui, c'est ça ? demanda Bucky en brandissant le tisonnier d'un air menaçant. Vous êtes athée, juif, ou quoi ? C'est pour ça que vous ne voulez pas que ma mère et moi on touche l'assurance ? Parce qu'on est des Chrétiens du renouveau ?

– S'il essayait d'ouvrir la porte du garage, dit Dave, où sont ses clés ? Elles n'étaient pas dans sa poche. Ni même par terre.

– Tooker a dû les prendre.

– On l'a fouillé. Et on a perquisitionné sa boutique. Sa maison. Sa voiture. On n'a pas trouvé les clés.

Bucky haussa les épaules et se retourna vers le feu.

– Il les a jetées quelque part. À quoi vous vouliez qu'elles lui servent ?

– Exactement. Alors pourquoi les avoir prises ?

– Et si vous me lâchiez ? Vous ne voyez pas qu'on a assez d'ennuis, ma mère et moi, sans que vous ayez besoin de venir et... (Dans la rue, une portière claqua. Le tisonnier tomba une fois de plus. Et Bucky redevint livide. Il jeta à Dave un regard suppliant.) Et voilà ma mère, maintenant. Oh, écoutez... Ne lui parlez pas des magazines. Je vous en prie !

– Vous devriez peut-être laisser tomber pour le moment. Les ranger. Attendre une autre occasion.

– Si vous ne dites rien, répondit Bucky en ramassant le tisonnier, tout ira bien. Elle ne montera pas ici. C'est trop difficile.

– Alors je vais descendre.

La fumée âcre planait dans la rue en pente. Il n'y avait pas un souffle de vent pour la disperser. Elle continuait de glisser le long de la colline, piégée par les buissons. Une femme de haute taille, aux hanches larges, sortit après avoir garé une

Aspen couleur bronze avec un autocollant à l'arrière proclamant JE L'AI TROUVÉ. Elle traînait la jambe droite, une canne accrochée au bras. Elle portait un tailleur-pantalon marron en jersey sur un chemisier en Nylon chocolat. Ses cheveux gris acier étaient soigneusement coiffés. Elle tendit le bras avec peine pour atteindre la porte du garage et la leva en faisant maladroitement un pas de côté pour l'esquiver à la dernière seconde. Puis elle se retourna et s'immobilisa en voyant Dave. Une paupière se baissa. Tout comme un coin de sa bouche. Mais elle retrouva rapidement la parole.

– Qui êtes-vous ? Qu'est-ce que vous voulez ? demanda-t-elle sèchement.

Il s'avança et se présenta en lui tendant sa carte.

– Quand un de nos souscripteurs décède par accident, nous enquêtons.

– Où est mon fils ? (Elle leva la tête.) Qu'est-ce que c'est que cette fumée ?

– Il brûle des ordures. Je lui ai parlé.

– Ce n'est qu'un enfant. Vous n'aviez pas le droit !

– Je ne suis pas officier de police.

– De quoi vous lui avez parlé ? Qu'est-ce qu'il vous a dit ?

– Que c'est Lon Tooker qui a tué son père. (De l'autre côté de la rue, un loquet claqua. Une porte-fenêtre s'ouvrit derrière des arbres touffus.) Peut-être qu'il serait préférable de discuter à l'intérieur.

– Il n'y a rien a discuter. La police a arrêté cet homme. Si je ne me trompe, ça signifie que le district attorney considère que c'est bien le coupable. En quoi est-ce étonnant que Bucky pense ça?

– Ce n'est pas étonnant.

Elle devait avoir presque la soixantaine. Son attaque n'était pas seule responsable de sa paralysie du côté droit. Elle avait les joues affaissées. Sa peau était creusée de myriades de rides. Des taches de vieillesse lui parsemaient les mains. Gerald Dawson avait épousé une femme presque assez âgée pour être sa mère. Bucky était l'enfant de la dernière chance.

– Mais c'est trop facile, ajouta-t-il.

Son petit hochement de tête fit trembler la lèvre flasque.

– Ça n'a rien de facile. Toute cette histoire est difficile. La mort, c'est difficile. Le deuil, c'est difficile. Même pour les chrétiens, Mr... (Elle jeta un coup d'œil à la carte.)... Brandstetter. Dieu nous envoie cela pour nous éprouver. Mais le savoir ne rend pas ces épreuves plus faciles à supporter. (Elle plissa l'unique paupière qui lui obéissait encore.) Qu'est-ce que vous faites ici? Vous n'avez pas apporté le chèque de la compagnie d'assurances. C'est une autre épreuve que vous venez nous faire subir?

– Où était-il cette nuit-là, Mrs Dawson?

– Il travaillait pour le compte du Seigneur. Je ne connais pas les détails.

– Qui les connaîtrait? Quelqu'un à l'église?

Elle s'avança vers la porte en s'appuyant sur sa canne et en traînant la jambe.

– Ils ont déjà dit que non. Peut-être le révérend Shumate. (Cliquetis dans sa main libre. Elle s'accrocha à un cyprès pour se hisser sur le seuil, puis enfonça sa clé dans la serrure.) Cela semble bien difficile qu'il ait fallu qu'on le tue alors qu'il œuvrait pour notre Seigneur.

– Ses relevés bancaires indiquent qu'il a rédigé quelques chèques importants dernièrement. Savez-vous pourquoi ? Les retours des chèques encaissés[1] sont-ils chez vous ?

– À son bureau. C'est son employée qui payait les factures. C'était plus simple.

La porte s'ouvrit. Une odeur de cire parfumée au citron flotta jusqu'à Dave.

– Pourquoi avait-il des pilules contraceptives dans la poche ?

Elle s'immobilisa, la main sur la poignée. Lentement, péniblement, elle se retourna et sa bouche se tordit dans une grimace incrédule.

– Quoi ? Qu'avez-vous dit ?

– Parmi les objets que la police a trouvés dans les poches de votre mari – portefeuille, cartes de crédit, les choses habituelles – il y avait une enveloppe d'une pharmacie de Sunset Strip. Et l'enveloppe contenait une plaquette de pilules contraceptives. L'ordonnance était au nom de Mrs Gerald Dawson. Cela vous paraît logique ?

– Sunset Strip.

---

1. Aux États-Unis, les banques renvoient à leurs clients les chèques qu'ils ont rédigés une fois qu'ils ont été débités. (*N.d.T.*)

C'était à une douzaine de kilomètres à l'ouest, de l'autre côté de la ville. Mais elle avait prononcé ce nom d'un air ébahi, comme s'il s'était agi d'une bourgade quelque part en Afghanistan. Elle n'en dit pas plus et resta à fixer Dave. Elle avait l'air abasourdi.

– Le docteur s'appelle Encey. C'est le vôtre ?

Elle frémit.

– Quoi ? Encey ? (Puis brusquement, elle débita tout d'une seule traite :) Dr Encey. Oui, oui, bien sûr, c'est mon médecin. C'est juste. Les pilules. Oui, bien sûr. Gerald m'avait promis de passer les prendre. J'avais oublié. Avec toutes ces horreurs qui nous sont arrivées, j'avais oublié les pilules.

– Je comprends.

– J'ai la migraine, dit-elle. Cette chaleur est épouvantable. Excusez-moi.

Et la moitié d'elle encore vivante traîna la moitié morte à l'intérieur et referma la porte.

2

Il quitta le luxueux quartier de Hillcrest par des rues tortueuses longeant de vieux immeubles résidentiels, aux portes laquées de couleurs vives et ornées de heurtoirs en cuivre neufs, où des carillons étaient accrochés dans les arbres et où de sveltes jeunes hommes en maillots de bain taillaient des haies ou lavaient de petites voitures de sport sur le trottoir. Puis, un peu plus bas, il passa devant des maisons en bois délabrées, à la peinture écaillée, où des radios hurlantes déversaient de la musique *mariachi* par les moustiquaires rouillées et où de petits Mexicains basanés grouillaient dans des jardins sans la moindre touffe d'herbe.

Il arrêta l'Electra à un feu rouge de Sunset. De l'autre côté du large fleuve de voitures s'étendait le parc avec son petit lac, ses canards dans les joncs, ses voyous dans les buissons, ses touristes brûlés de soleil qui ramaient sur de petites barques branlantes et regardaient, dans leurs Instamatic, les gratte-ciel de verre s'élever au-dessus des palmiers. Quand le feu passa au vert, il prit à gauche en direction de l'église évangélique de Bethel. Mais il changea d'avis, car la porte de la boutique de Lon Tooker était ouverte sous l'enseigne rouge et blanc annonçant LIBRAIRIE LE TROU DE SERRURE. Il lui fallut un moment pour trouver une petite rue en pente où il put manœuvrer et faire demi-tour, mais il n'eut pas de problème pour se garer. En dehors de l'épicerie mexicaine, le reste de ces bâtiments d'un étage en brique brune et aux toits en terrasse abritait des commerces qui, comme certaines fleurs, ne s'ouvraient qu'à la nuit tombée.

La moquette de la boutique de Tooker était assez épaisse pour être dangereuse si l'on avait les chevilles fragiles. Elle était couleur or. Au-dessus des rayonnages, le papier peint était à motifs dorés. Dorée aussi, la peinture récente du plafond, d'où pendait un lustre en faux cristal. Des magazines sous Cellophane étaient exposés sur les étagères du bas. L'impression et les couleurs étaient nettes, mais les sujets monotones. Jambes écartées, sous-vêtements en dentelle, filles penchées lascivement qui exhibaient d'énormes poitrines. Jeunes gens déployant de généreux attributs. Pas de petites filles. Seulement voilà, le stock ne s'arrêtait pas là. Un peu plus loin s'élevait un escalier à fine balustrade en fer forgé couvert de la même épaisse moquette or. Des pas semblaient venir de là-haut. Dave monta.

De la fausse fourrure recouvrait de profonds fauteuils. Sur une table en Formica imitation bois luisaient des cendriers en verre moulé vert. Là, les rayonnages débordaient – sauf ceux que vidait un jeune homme aux coudes noueux qui jetait des magazines, de gros albums de photos et des livres de poche dans des cartons. Ses longs cheveux blonds étaient tellement trempés de sueur qu'on aurait cru qu'il sortait d'une piscine. Il était torse nu. Des boutons gros comme des furoncles enflammés parsemaient ses épaules maigres. Il tressaillit en voyant Dave et reprit aussitôt sa tâche.

– Ah, mince, elle a encore laissé la porte ouverte ! Écoutez, papy, on est fermé.

– Pour toujours ?

– Gagné. (Le garçon laissa tomber une brassée de magazines dans un carton et en replia le dessus pour le fermer.) Fini, le Trou de Serrure.

– Sans même des soldes pour le déstockage ?

– Mort Weiskopf reprend les murs et Western les marchandises.

– Qu'est-ce qui vous presse ? demanda Dave en se laissant tomber dans l'un des fauteuils. Il faut de l'argent pour les avocats ?

– Qu'est-ce que vous en savez ? demanda le maigrichon en remontant son pantalon. D'où vous venez ?

– De la compagnie où Gerald Dawson avait souscrit une assurance-vie.

– Ouais, de l'argent pour les avocats. Ce fils de pute continue de causer des ennuis, même mort. Vous savez qu'il est venu ici l'autre nuit avec une bande de gros crétins de l'église et qu'il a tout fichu en l'air ? Renversé des bouquins. Aspergé la moquette de peinture.

– C'est là qu'il fallait appeler l'avocat.

– On ne pouvait pas prouver qui c'était. Ils portaient des masques. Enfin, on le savait, mais l'avocat a dit qu'ils avaient des alibis : ils ont un club à l'église, figurez-vous. Ils y étaient tous. À genoux. En train de prier. Pour les pécheurs que nous sommes.

– C'était peut-être six autres personnes.

– Sauf que c'était Dawson qui glapissait et donnait les ordres. Il citait la Bible. Sodome et je-sais-plus-quoi. Toutes ces conneries. C'était forcément Dawson. Il n'y a que lui pour avoir cette voix. Haut perchée, rauque, une voix de fausset.

– Mais l'avocat a dit que vous ne pouviez pas l'accuser ?

– Dash, celui d'en face, il a essayé. (Le garçon s'accroupit en grommelant et empila les magazines.) Le type qui tient le OH ! BOY. Il habite à mi-chemin sur la colline. Il voit une drôle de lueur au beau milieu de la nuit. Il sort. C'est sa Volkswagen qui est en feu. Garée sur son allée. Complètement en feu. Il savait que c'était Dawson et ses sbires. Mais non : ils avaient une réunion et chantaient des cantiques. Merde ! (Il se releva en titubant sous la charge de papier glacé qu'il alla lâcher dans un autre carton.) Et les flics s'en fichent, vous savez. La voiture d'un propriétaire de bar de pédés peut cramer. C'est drôle. Pour eux, c'est drôle, quoi.

Une jeune femme vêtue d'un minuscule short blanc et d'une chemise blanche d'homme nouée sous les seins apparut en haut de l'escalier. Elle était couleur miel.

– Nous sommes fermés. (Elle s'accroupit et essaya de soulever le carton que le jeune mec venait de fermer.) Mince! Qu'est-ce qu'il y a dedans, des briques? On n'emporte pas les murs, quand même?

– Si tu veux que je les remplisse qu'à moitié, dis-le, répondit le maigrichon sans la regarder.

– Je ne veux rien du tout. C'est l'idée de Lonny. Il est tellement paniqué.

– Quand on te met en taule pour meurtre, dit le jeune mec, tu dois avoir du mal à rester calme. Tu vas charger la voiture ou pas? Tu veux les remplir et me laisser les porter?

Elle souleva le carton sans effort apparent. Elle avait des cuisses d'homme, très musclées.

– S'il n'avait pas acheté de chevaux, il n'aurait pas besoin d'argent. (Elle se retourna et regarda de nouveau Dave.) Vous, vous avez l'air de pouvoir vous offrir un ou deux palominos hors de prix. Vous en voulez pas une demi-douzaine? Allez, mon chou, c'est pour une bonne cause!

– On est assis un peu trop haut, répondit Dave en se levant. Attendez, je vais le porter. C'est pour une bonne cause, non? ajouta-t-il en la voyant protester.

Sa voiture était deux portes plus loin sur un terrain vague envahi d'herbes entre des murs de

brique couverts de graffitis. Un coupé sport déca-
potable Mercedes à dix-huit mille dollars : le coffre
était exigu. Il faudrait pas mal d'allers-retours chez
Western.

– D'après le jeune, c'est Dawson le chef de
bande.

– C'est notre avis à tous. Mais on ne peut pas le
prouver. Les hétéros aussi les ont accusés d'avoir
arraché les buissons. Des retraités. Des mères de
famille avec leurs gosses. Ils avaient saccagé le parc
pour empêcher les pédés de traîner dans les buissons à 2 heures du matin. À 2 heures du matin ! on
se fiche bien de ce qui se passe dans les buissons,
non ? Et ils n'ont rien pu prouver. Alors qu'est-ce
qu'on aurait pu faire, nous, pauvres pervers et tra-
fiquants de cochoncetés ?

Elle claqua le coffre.

– Votre ami Lonny aurait-il pris un raccourci ?

Elle le fixa. Ses yeux étaient semés de paillettes
dorées.

– Qu'est-ce que vous insinuez ?

– Qu'il en aurait eu marre d'attendre la justice ?
Éliminer Dawson avant que Dawson l'élimine ?
Remplacer ce genre de moquette doit grever un
budget quand il faut le faire souvent.

– Vous savez quel genre d'homme est Lonny
Tooker ? Le genre qui soigne les oiseaux blessés.

– Hitler adorait les chiens et les bébés !

– C'est un grand type costaud. Il pourrait tuer
n'importe quoi à mains nues. Un taureau, un éléphant…

– Vous n'avez rien dit, fit Dave en lui posant la main sur les lèvres.

– Oh, mon Dieu! fit-elle en ouvrant de grands yeux. Non. Je n'ai rien dit. Je sous-entendais simplement que… il est gentil. C'est un grand et doux rêveur. Il déborde d'amour. Pour tout ce qui vit et respire. Il est bête comme ses pieds, mais il ne ferait de mal à personne et il tuerait encore moins. (Elle consulta sa montre.) Bon, il faut que je me dépêche.

Dave trottina derrière elle. Il faisait trop chaud pour se presser, mais il continua en enlevant sa veste. En haut de l'escalier, il demanda au jeune type maigre :

– Dawson est venu ici le soir où on l'a tué?

– C'était mort. Cinq traînards, pas plus. Mais plus personne après 22 heures. Juste Lon et moi. On a joué au gin.

– Qui a gagné? demanda Dave en posant sa veste sur la balustrade.

– Moi je connais la réponse, dit la fille qui était déjà redescendue avec un autre carton. Lon. Il gagne à tous les jeux où il faut avoir le moins de points possible.

– Elle a raison, dit le maigrichon en tassant des livres de poche dans un carton.

Il se releva, prit le temps de feuilleter les pages glacées couleur chair d'un magazine, mais sans vraiment regarder les corps emmêlés. Puis il le referma et le jeta dans le carton à ses pieds. Il tendit la main vers la cigarette que Brandstetter venait d'allumer. Dave la lui donna. Le jeune mec souffla la fumée en amateur, en prit une autre bouffée et la lui rendit.

– Vous savez, dit-il, ces tarés, c'est des hypocrites. C'est bien ça le terme ? Enfin, ce que je veux dire, c'est qu'ils s'excitent sur ces saloperies. Ils prétendent que ça les choque, mais quand on les voit se pourlécher, on comprend bien qu'ils en jouissent presque dans leur froc.

– Quel genre de masque ? demanda Dave.

– Des lunettes de ski. Je blague pas. Ils bavaient. Ils veulent voir ces trucs comme tout le monde. Sauf qu'ils ont pas le culot d'entrer, de les demander et de les acheter. Oh, non ! Ils saccagent le magasin et ils cassent tout en prétendant que ce qu'ils veulent, c'est chasser Lon du quartier, vous comprenez ?

– Je ne sais pas. D'après vous ?

– Bien sûr que vous comprenez. On a remis les magazines sur les rayons et devinez quoi ? Il en manquait. (Il ricana cyniquement et tendit la main vers la cigarette.) Il y en a un qui a pas pu se retenir.

– Des photos de petites filles.

– Ouais. Comment vous le savez ?

– J'ai dit ça au hasard.

– Pas si jeunes que ça. Dans les 12 ans. Ça craint, quand même, non ? C'est vrai, quoi, ils jouent les pères la pudeur. (Il regarda la cigarette.) Vous voulez la finir ?

Dave secoua la tête. Le jeune mec inspira la fumée et la souffla avec sa question :

– Qu'est-ce qu'ils font ? Ils se les passent pendant leurs réunions paroissiales ?

– C'est Lonny qui a tué Dawson ? demanda Dave.

– Pour dix dollars de magazines volés ? (Il se pencha et écrasa la cigarette.) Ça risque pas.

– Pour avoir essayé de ruiner son commerce.

– Vous ne connaissez pas Lon. Tout ce qu'il veut, c'est jouer de la guitare et monter ses chevaux.

– Est-ce qu'il vient travailler avec sa tenue de cheval ?

– Sûrement pas. Jamais. Il prend toujours une douche, il est toujours net et… comment on dit ? Tiré à quatre épingles. Ça sent le cheval, ici ? Jamais. Écoutez, il est bête, mais gentil, OK ? Pas bête et méchant. Vous devriez entendre les chansons qu'il écrit. À côté, *Feelings*, ça a l'air d'un hymne nazi. Et il n'a jamais cherché les ennuis. À personne.

– Il a choisi un métier qui en amène.

– Pour rendre service à des gens dont tout le monde se fiche.

– C'est un philosophe altruiste.

– Ouais, bon, ça rapporte quand même. Et Lon déteste les soucis d'argent. Ça lui donne des migraines.

– La voiture est pleine ! cria la fille d'en bas. J'y vais !

– Passe pas sous un camion ! cria le jeune mec.

– Lon est rentré chez lui, ce soir-là ? demanda Dave.

– Si vous aviez quelqu'un comme elle qui vous y attend, répondit-il en désignant du menton le bas de l'escalier, vous iriez ailleurs ?

– Elle n'était pas chez lui. D'après le rapport de police, Karen Shiflett n'est pas arrivée à Topanga Canyon avant le matin. Elle a veillé son frère malade à l'hôpital toute la nuit.

– C'est un défoncé. Il a voulu se payer une overdose. Ouais.

– Donc rien ne prouve que Lon n'ait pas tué Dawson.

– Il s'est pris lui-même au piège, dit tristement le jeune type. Quel con ! Il aurait jamais dû appeler les flics après cette descente en leur disant que c'était Dawson.

– Il ne pouvait pas prévoir que Dawson serait assassiné.

– Il aurait pu arrêter de faire confiance à la police.

3

L'église évangélique de Bethel était une grosse bâtisse moche au coin d'une rue à l'écart. De l'extérieur, les vitraux avaient l'air sales. Le bâtiment était ancien et la très récente peinture d'un blanc éblouissant ne dissimulait pas le mauvais état du revêtement de planches. Tout était penché, affaissé ou bombé. Des pigeons entraient et sortaient par le treillage tout en haut du clocher ventru. Avec des bruits de pigeons. Dave redescendit les marches en ciment qui menaient à une double porte au vernis éclatant qui refusa de s'ouvrir. Il se crispa en levant les yeux vers les pigeons. Puis il prit une allée en ciment neuve longeant le flanc de l'église surchauffé par le soleil et menant à quelques marches et une porte où était écrit Bureau.

Il fut accueilli par un air frais qui sentait les souris et la moisissure. L'endroit était resté inoccupé et négligé pendant longtemps, mais à présent, il était lui aussi repeint et le plafond insonorisé à l'amiante. Le sol était recouvert du même genre d'épaisse moquette que le sex-shop de Lon

Tooker, sauf qu'ici elle était d'un bleu céleste. Le comptoir de la réception était en Formica luisant imitation bois, avec un téléphone blanc à touches posé dessus. À côté se trouvait une élégante machine à écrire électrique. Un présentoir en plastique exposait des brochures en papier glacé de couleur sur l'alcoolisme, l'avortement, le divorce et la drogue.

Derrière, une porte fermée portait une plaque en plastique marron gravée en blanc : BUREAU DU PASTEUR. Il frappa. Silence. Une troisième porte faisait face à l'entrée. Il l'ouvrit et se retrouva sur l'estrade de l'église. Un pupitre carré s'y dressait. Derrière une balustrade s'alignaient des sièges de théâtre en velours bleu pour le chœur. Les tuyaux de l'orgue s'élevaient jusqu'au plafond et leur dorure neuve s'écaillait. Sur le tapis attendaient des seaux en plastique remplis de fleurs coupées. Pour les obsèques de Gerald Dawson le lendemain ? Il se retourna. Dans la pénombre des vitraux, les bancs vernis couvraient 2 000 m² de moquette neuve. Ce vide était immense.

Les veuves de son père auraient adoré. La minuscule chapelle mortuaire bondée ne leur avait pas permis de s'asseoir assez loin les unes des autres avec leurs voilettes et leurs gants. Aucune n'avait oublié de se montrer. Les avocats et exécuteurs testamentaires étaient là comme témoins. Leur absence aurait signifié leur indifférence envers les millions en liquide et en actions que Carl Brandstetter n'avait pu emporter avec lui.

Prétendre ignorer sa mort n'aurait convaincu personne : dans le courant de la semaine était paru dans les pages économiques du *Times* un long éloge funèbre avec la photo de sa séduisante personne aux allures de Viking. Il racontait comment il avait bâti tout seul l'un des géants de l'assurance-vie du pays, Medallion. Un article de l'édition du dimanche s'était attaché à sa tumultueuse vie pas si privée que cela. Son décès d'un arrêt cardiaque au volant de sa Bentley à 2 heures du matin sur l'autoroute avait fait toutes les infos télévisées.

Dave revit les veuves dispersées sur les bancs serrés. L'une était restée durant toute la cérémonie au fond, à côté d'une copie de fonts baptismaux du XIIe siècle. Evelyn, si sa mémoire était bonne. Les belles-mères de son enfance étaient encore assez clairement présentes à son esprit, qu'il le veuille ou non. Les dernières étaient un peu floues. La plupart étaient des blondes plantureuses, de 20 ans et quelque, qui s'étaient enfuies et engraissées avec leurs pensions alimentaires en attendant ces obsèques où Dave les avait vues ensemble pour la première et unique fois. Mais trois ou quatre, comme la toute dernière, Amanda, étaient brunes. L'une d'elles avait 19 ans, son âge à l'époque, et il avait failli en tomber amoureux. Lisa.

Quand elle avait pris la sienne dans sa minuscule main gantée, entre les gerbes de fleurs devant la porte et levé vers lui ces grands yeux de biche qui avaient perdu leur éclat, il avait eu l'impression de la voir dans un vieux film éraillé, aux couleurs fanées. Il avait à peine entendu sa voix, qui lui avait paru laide, gutturale : tout le romantisme de cet accent étranger s'était enfui. Des rides creusaient ses traits autrefois si beaux. Elle avait été mince et douce. Elle était décharnée, à présent. Ils avaient essayé de se souvenir – le ballet avec Eglevsky, le concert d'Heifetz à l'*Hollywood Bowl* – mais cela n'avait pas duré longtemps. Les cendres de son père n'étaient pas les seules dans cette petite chapelle humide et sombre comme un sousbois.

Oh, au diable tout cela !

– Il y a quelqu'un ? cria-t-il.

Pas de réponse.

Dehors, derrière l'église, où le soleil s'abattait sur un parking goudronné presque vide, il trouva d'autres marches menant à une cour d'entrée en sous-sol. En bas, une porte s'ouvrait sur un couloir desservant de petites salles de réunion avec des sièges pliants, un piano, çà et là, de petites chaises rouges et un hamster qui s'agitait dans une cage. Au bout, il entendit du bruit derrière une double porte. Des claquements. Il poussa les battants et se retrouva dans un gymnase où un homme de haute taille, la quarantaine, sans veste mais en cravate, dribblait avec un ballon de basket, faisait volte-face et lançait. La sueur causait des taches sombres sous ses bras et le long de son dos. En voyant Dave, il laissa le ballon rebondir sur le panneau et rouler jusqu'à l'autre bout de la salle, où de longues tables pliantes étaient entreposées contre le mur. Il vint à grands pas lui serrer la main, essoufflé. Il s'épongea le front avec un mouchoir.

– Le mardi matin, personne ne vient, d'ordinaire. Personne n'appelle. Alors je me réfugie ici pour voir si ça me revient. J'étais doué, au lycée. C'est grâce à cela que j'ai eu une bourse pour aller à l'université. Wheaton, dans l'Illinois. Mais quand la rentrée est arrivée, je ne pouvais plus.

– Vous aviez vieilli, dit Dave. Ça arrive.

L'homme fit la moue et secoua la tête.

– Je ne sais pas. La coordination œil-main, ce que vous voudrez, je ne l'avais plus. Elle avait disparu. Ça m'a affolé. Je me suis entraîné. J'ai prié. Ça n'est jamais revenu. (Il éclata de rire.) Dans mes rêves secrets, je descends ici un beau jour et tout est comme avant. (Il leva un index avec un sourire d'adolescent.) Ne vous moquez pas !

– D'accord. (Dave le regarda prendre la veste en seersucker assortie au pantalon.) Je m'appelle Brandstetter. J'enquête sur la mort de Gerald Dawson. Pour les assurances Sequoia Life & Indemnity. (Il avait failli dire Medallion, l'habitude de vingt-cinq ans. Mais le lendemain de la mort de son père, il avait vidé son luxueux bureau tout en haut de la tour d'acier et de verre de Medallion sur Wilshire. C'était sa première mission en free-lance.) La police n'a pas l'air de bien savoir où il était le soir où on l'a tué. Ça me tracasse.

– Je ne le sais pas moi-même, dit l'homme.

– Vous êtes le pasteur ?

– Lyle Shumate. (Sa veste sur le bras, il se diri-gea vers la porte.) Il va nous manquer, Jerry Daw-son. C'était un chef né. Un authentique chrétien.

– Il dirigeait un groupe d'hommes, demanda Dave en lui emboîtant le pas. Ils ne se sont pas réunis ce soir-là ?

– Leurs réunions étaient fréquentes, mais pas régulières.

Shumate passa dans le jardin d'enfants décoré de guirlandes de papier crépon rose et bleu et s'accroupit devant la cage du hamster. L'animal surgit d'un tas de copeaux et le regarda d'un œil brillant. Il mâchonnait. Shumate tapota le biberon accroché au grillage. Il y avait encore de l'eau dedans.

– Tout va bien, petit bonhomme, dit-il en se rele-vant.

– Les Hommes du renouveau.

– Ils se téléphonaient pour convenir d'une heure. (Shumate poussa la porte et la lumière brû-lante s'engouffra. Il s'effaça devant Dave et referma.) Mais ils ne se sont pas réunis cette nuit-là. (Ses chaussures crissèrent sur le ciment.) Quelques-uns de nos jeunes ont formé un groupe de gospel-rock. Ils utilisaient la salle des Hommes du renouveau ce soir-là. (Il monta jusqu'au BUREAU et laissa de nouveau passer Dave.) Il a dû y avoir du bruit, au sous-sol.

– Il y avait entraînement de basket aussi.

– Vous êtes au courant ?

– Mais vous n'y étiez pas. Vous ne pouvez pas confirmer que Bucky Dawson s'est entraîné avec l'équipe ?

– S'il le dit, c'est que c'est vrai.

Shumate entra dans le BUREAU DU PASTEUR, s'assit à une table de travail, qui n'avait pas l'air de servir souvent, et désigna à Dave un fauteuil tapissé de tweed bleu et orange assorti aux rideaux et à la moquette.

– C'est une équipe qui s'entraîne dur, dit Dave. D'après Bucky, ils sont restés presque jusqu'à minuit.

– Nous avons perdu la revanche l'an dernier contre les Nazaréens d'Arcadia. Nous ne voulons pas que cela se reproduise. Si Bucky vous a dit qu'ils se sont entraînés jusqu'à minuit, c'est qu'ils se sont entraînés jusqu'à minuit. C'est le garçon le plus honnête que je connaisse. Intelligent, équilibré, sain. Pour nous tous – jeunes comme adultes – c'est un modèle.

– Il m'a paru un peu agité. Le sexe le travaille beaucoup.

– Quoi ? (Shumate le fixa en esquissant un sourire incrédule.) Nous ne parlons sûrement pas du même garçon. J'ai entendu Bucky dire ce qu'il en pensait : personne ne pourrait être mieux informé et clair sur la question. Il fait constamment des exposés aux jeunes. Sexe, drogue, avortement, alcoolisme. Toutes ces questions sur lesquelles l'église a joué la politique de l'autruche quand vous et moi étions jeunes. Le monde a changé. De

nos jours, il faut affronter directement et honnêtement ces problèmes pour les régler.

– Et Bucky Dawson les affronte directement et
honnêtement ?

– Et il aide les autres jeunes à le faire, acquiesça
Shumate. (Puis il fronça les sourcils et se pencha en
avant.) Vous n'êtes pas en train de suggérer que
Bucky est mêlé d'une manière ou d'une autre à la
mort de son père ?

– S'il était ici pour s'entraîner au basket, non.
Selon le légiste, son père a été tué entre 22 heures
et minuit. Et ça me pose un problème. Bucky n'a
pas vu le corps en rentrant. C'est sa mère qui l'a
trouvé le matin. Maintenant, écoutez, révérend…

– Appelez-moi Lyle.

– La police a interrogé les autres hommes du
groupe de Dawson et ils ont tous déclaré la même
chose. Ils ne se sont pas vus ce soir-là. Ils ne sont
pas allés faire l'une de leurs expéditions punitives…

– Expéditions punitives ? se raidit Shumate.

– Vous en avez entendu parler. Agressions des
clients des salons de massage et des bars homosexuels ? Arrachage des buissons du parc ? Incen-
die de la voiture de Dash Plummer ? Saccage de la
librairie de Lon Tooker ?

– Rien de tout cela n'est prouvé.

– Légalement, non. Mais vous n'êtes ni avocat
ni juge. Vous êtes pasteur.

– La loi est entre les mains d'impies, dans ce
pays. Elle protège ceux qui font le mal. Les hon-

nêtes gens sont impuissants. Je vous parle de la loi humaine. Mais il en existe une, supérieure : la loi divine.

– Et Dawson et ses amis l'appliquaient, c'est ça ? Ils ne voyaient rien de mal à mentir à la police sur leurs activités, se couvraient mutuellement, parce que la police est prisonnière d'un système corrompu, c'est ça ?

– Je ne vois pas de quoi il s'agit, s'entêta Shumate. Ni Jerry ni les membres de son groupe ni quiconque à l'église ne m'en a jamais parlé. Ce sont des gens de l'extérieur qui colportent cela et débarquent ici avec des accusations fantaisistes, des gens totalement dépravés, tous jusqu'au dernier.

Dave lui fit un sourire narquois.

– Je ne pensais pas que les trois personnages de *Ne pas voir le mal, ne pas entendre de mal, ne pas dire de mal* étaient des chrétiens. Il me semblait que c'étaient des singes.

– Vous et moi savons l'un comme l'autre où se trouve le mal dans ce quartier, Mr Brandstetter. Et ce n'est pas à l'église de Bethel.

– Dawson avait-il une voix haut perchée et rauque ?

– On pourrait la qualifier ainsi, oui, fit Shumate sans comprendre.

– Facile à prendre pour la voix de quelqu'un d'autre ?

– Oh, non, sûrement pas ! Pourquoi ?

– C'est lui qui dirigeait l'expédition chez Lon

Tooker. Six hommes. Masqués. Ils ont tous prétendu ensuite qu'ils étaient ici en train de prier. Seulement voilà : s'ils ont menti à la police sur ce point, ils ont très bien pu mentir aussi concernant les faits et gestes de Dawson le soir de sa mort. Et je vous demande donc : avaient-ils prévu une action pour cette nuit-là ?

– Et moi je vous réponds que je ne sais pas. Si Tooker croit que c'est Jerry Dawson qui a saccagé sa boutique, pourquoi n'en déduisez-vous pas comme la police que c'est Tooker qui l'a tué ?

– D'abord, l'expédition a eu lieu dix jours avant la mort de Dawson. Pourquoi Tooker aurait-il attendu ?

– Peut-être que Jerry est allé là-bas ce soir-là ?

– D'après un témoin, non. Et Dawson n'a pas vu de membres de sa famille ce soir-là. Ni d'amis. Il n'est pas venu à l'église. Il n'était pas à son travail. Où était-il ? À qui a-t-il rendu visite et pour quelle raison ?

– Sa vie était un livre ouvert. Je le connaissais presque aussi bien que je me connais moi-même. Il était simple, franc. Il dirigeait une affaire florissante, grâce à Dieu, contribuait généreusement à l'Église, et pas seulement financièrement : par son travail, en bonnes œuvres de toutes sortes.

– Il était souvent ici, dit Dave. Très bien. Avez-vous remarqué chez lui quoi que ce soit qui sorte de l'ordinaire la veille de sa mort ? Un changement ? Des remarques inhabituelles. Était-il… ?

– Attendez. (Shumate plissa le front, les doigts

sur les tempes et les yeux fermés.) Il y a eu quelque chose. Oui. J'avais totalement oublié. (Il considéra Dave en fronçant les sourcils d'un air amusé.) Vous devez être bien noté dans votre travail, Mr Brand-stetter.

– Je le fais depuis longtemps. Vous allez rouvrir le dossier Dawson avec une révélation, n'est-ce pas ?

– Je ne crois pas, fit Shumate en riant. Mais c'est vrai que cela m'a paru un peu bizarre sur le moment, cela ne lui ressemblait pas. C'était après la messe de dimanche matin. Sur le parking. Je rac-compagnais un paroissien âgé qui se déplace en fauteuil roulant. Il ne sort que le dimanche. Cela lui fait du bien de parler à un homme pendant un petit moment. Chez lui, il n'a que sa femme et trois filles. Une fois qu'il est monté dans sa voiture et que je rangeais le fauteuil dans le coffre, j'ai remar-qué Jerry Dawson qui parlait à l'autre bout du par-king avec un grand type costaud, un jeune avec un chapeau et des bottes de cow-boy.

– Un inconnu.

– Je ne l'avais jamais vu. Il était entré pour la messe, tout en haut au balcon et au fond. On le remarquait, à cause de sa barbe, sourit faiblement Shumate. On aurait dit un prophète de l'Ancien Testament. Et des yeux d'un bleu éclatant. Barbe noire, sourcils noirs, yeux bleus.

– Vous n'avez pas entendu de quoi ils parlaient ?

– Non, mais je crois qu'ils se disputaient. Le

41

jeune est parti brusquement, l'air fâché. Il a claqué la portière de son pick-up. Vous savez, ces gros engins avec des pneus énormes. Avec des espèces de machines à l'arrière. Il a démarré sur les chapeaux de roues. Mais il n'y a pas eu que cela d'inhabituel. On aurait cru que Jerry Dawson avait vu un revenant. Je lui ai fait signe, puisqu'il m'avait vu les regarder. Mais il n'a pas répondu. Il est parti directement à sa voiture.

– Et il n'a pas abordé le sujet avec vous plus tard ?

– Il n'y a jamais eu de plus tard. Deux jours après, il était mort.

– Aucune idée de l'identité de ce jeune barbu ?

– L'entreprise de Dawson loue du matériel de cinéma. Vous devez le savoir. Les réalisateurs chrétiens traitent souvent avec lui. On sait qu'il leur fait des prix. Comme ce jeune type a assisté à la messe, j'ai pensé que c'était comme cela qu'il connaissait Jerry. Peut-être que c'était un acteur. (Il haussa les épaules.) Un réalisateur ? Je ne se sais pas. De nos jours, on ne peut plus juger les gens sur leur apparence.

– Son associé devrait être au courant, dit Dave en se levant. Merci de m'avoir accordé votre temps.

Shumate lui serra la main. À la porte, Dave se retourna.

– Une dernière chose. Est-ce qu'il avait fait un don exceptionnel, récemment ?

– Non. Pourquoi cette question ?

– Ses relevés bancaires des deux derniers mois indiquent qu'il a fait un chèque de sept cents dollars et un autre de trois cent cinquante. C'était inhabituel.

– Je ne vois pas, dit Shumate en se grattant l'oreille.

4

Dave se gara sur un parking ridiculement baptisé Security un peu en dessous d'Hollywood Boulevard. Des odeurs d'oignon, d'ail et de parmesan flottaient lourdement dans l'air chaud, car la porte de chez *Romano* était ouverte. Les vieilles briques étaient repeintes en blanc, les fenêtres garnies de barreaux. Il sortit de l'impasse et gagna la rue aux fenêtres décorées de charmants volets verts et de jardinières de géraniums. Il s'arrêta sous un auvent rayé, songea à prendre un verre et se ravisa. Il passa devant un fleuriste, un club de jazz aux volets noirs, une plaque de dentiste, une boutique de location de smokings et arriva devant la large vitrine de SUPERSTAR RENTALS CINE & SOUND.

À l'intérieur, une grue de cinéma touchait un plafond d'où pendaient des projecteurs de toutes tailles et de toutes formes. Des chariots de travelling à grosses roues attendaient sur le vaste plancher recouvert de dalami. Des perches de micros scintillaient. Il y avait des tables de montage, des magnétophones, portables ou non, et d'autres appareils dont il ignorait le nom. Des câbles et des cordons serpentaient sur le sol. Des jeunes à cheveux longs et moustaches tombantes en salopettes exploraient cette jungle de chrome. Une fille pâle en robe longue froissée et sandales se cramponnait à un bloc-notes où elle cochait des articles avec un feutre. Tous se plaignaient d'un ton geignard à un chauve résigné, fripé et obligeant qui les menait d'un coin à l'autre et ne cessait de chercher tel ou tel appareil d'occasion, vous savez, celui qui est abîmé.

– Jack Fullbright ? lui demanda Dave.

– Dans le bureau, dit le chauve en désignant du pouce une porte derrière une vitrine remplie d'objectifs et de micros exposés sur du velours.

Pour y arriver, Dave dut enjamber une pile de bobines de 35 mm vides. Il se retrouva dans une longue pièce sous un néon faiblard où d'autres appareils prenaient la poussière à même le sol ou sur des rayonnages en acier. L'allée entre les étagères était étroite à cause des caisses renforcées qui dépassaient et qui servent à expédier les bobines par avion. D'après les étiquettes, elles étaient allées au Japon, en Inde, à Beyrouth, en Espagne, en Irak et en Yougoslavie. Des piles de boîtes à film en métal et en carton encombraient également l'allée.

Tout au bout, une espèce d'aquarium éclairé portait une plaque marquée BUREAU. Il ouvrit la porte et fut accueilli par un bruit de machine à écrire. Une jeune femme qui ressemblait à pratiquement toutes celles qui font aujourd'hui la couverture des magazines s'interrompit et lui sourit. D'après les rides qu'il creusa dans son visage doré par le soleil, elle ne serait plus jeune bien longtemps. Si la robe à deux sous de la fille de l'entrée était froissée, c'est parce qu'elle dormait avec. Les plis de l'ample chemisier en coton non traité de celle-ci lui avaient coûté le prix des dernières fantaisies de la mode. Ses cheveux frisottés étaient artistement coiffés n'importe comment. Ils étaient de la même couleur que les verres de ses immenses lunettes : ambre. Sauf que sur les lunettes, l'ambre virait au fumé sur le haut.

– Vous ne voulez rien louer, lança-t-elle d'une voix chaleureuse et désinvolte. Vous avez déjà tout, n'est-ce pas ?

– Il me manque des faits, répondit Dave en déposant sa carte sur son bureau. Je voudrais voir Jack Fullbright, je vous prie.

Elle lut la carte et changea d'expression.

– C'est pour ce pauvre Jerry ? demanda-t-elle d'un ton grave. Il n'y a pas de problème avec son assurance-vie, j'espère ? Ce serait impossible. J'ai réglé toutes les cotisations. Les factures arrivaient ici. Je les payais avec les autres.

– Ce n'est pas ça. C'est sa mort qui pose problème.

– Vous avez raison. C'était un type bien.

– Ses comptes personnels étaient adressés ici. Vous payiez toutes ses factures – y compris personnelles ?

– C'est ça. (Elle inclina la tête.) Je ne comprends

pas. Enfin, votre carte dit que vous êtes enquêteur. Pour les décès. Qu'est-ce que ça signifie ?

– Rien, si vous mourez tranquillement dans votre lit. Si vous finissez comme ce pauvre Jerry, quelqu'un comme moi vient enquêter sur le pourquoi et le comment. Jack Fullbright est là ?

– Oh, excusez-moi ! (Elle jeta un coup d'œil à son téléphone.) Il est en ligne avec Londres. Une livraison égarée. Une équipe qui partait au nord de la Norvège tourner un documentaire sur les Lapons, les rennes ou les lichens ou Dieu sait quoi. Et combien vous pariez que le matériel est à Rio ? Heureusement que nous ne l'avons pas expédié – c'est eux qui s'en sont occupés. Maintenant ils veulent qu'on leur envoie du matériel de remplacement par avion – et sans supplément.

– Combien de temps cela va prendre ? demanda Dave, l'œil sur le voyant allumé.

– Le temps que Jack gagne la partie. Écoutez, la police a déjà fait une enquête. Ce charmant monsieur un peu brusque avec de larges épaules et le nez cassé. Le lieutenant...

– Barker. Ken Barker.

– Il avait l'air de connaître son métier. Vous revérifiez toujours derrière lui ?

– Il est débordé, dit Dave. Il ne peut consacrer qu'un temps minimum à chaque affaire. Los Angeles est rempli de gens qui se tuent les uns les autres. Ça arrive tous les jours. Et parfois deux fois par jour. Il doit constamment passer à l'affaire suivante. Moi pas.

Dave jeta un coup d'œil derrière lui. Contre la paroi en contreplaqué, où étaient punaisés des listes de prix dactylographiées et des calendriers remplis d'innombrables numéros de téléphone de vendeurs et de transporteurs et de rares rendez-vous, trônaient deux fauteuils en skaï fendillé. Dessus s'empilaient des exemplaires d'*American Cinematographer* et de *Stereo Review*.

– Ce qui signifie que je peux attendre. (Il posa l'une des piles par terre, s'assit, alluma une cigarette avec son mince briquet en acier et lui sourit.) Cela ne vous ennuie pas ?

– Peut-être que je peux vous renseigner. J'espère que je n'en ai pas l'air, mais je suis la bonne à tout faire.

– Je suis allé à la banque de Mr Dawson. Les relevés m'ont intrigué. Il faut que je voie ses chèques encaissés.

– Oh ! fit-elle avec un petit hochement de tête dubitatif. Je ne crois pas être autorisée à vous les montrer.

– Qui est le médecin de Mrs Dawson ?

– Le Dr Spiegelberg. Irwin. Il est du côté de l'USC.

– Elle n'en a pas changé récemment ? Pour un certain Dr Encey, du côté de l'UCLA ?

– Pas à ma connaissance, répondit-elle, l'air surpris. Peut-être que la facture n'est pas encore arrivée. Vous lui avez demandé ?

– Je ne la crois pas.

– Oh ! eh bien ! (Elle haussa les sourcils.) Quel

esprit soupçonneux et mal placé nous avons là ?
Ne pas croire Mildred Dawson ?

Dave cherchait un cendrier.

– La croire quand elle me dit qu'un médecin lui
a prescrit des contraceptifs ?

– Ha ! (Elle avait un joli rire.) Vous plaisantez.
Jetez-les cendres par terre. C'est ignifugé.

– Où logeait sa petite copine ?

– Sa petite… ? (Elle semblait sincèrement choquée.) Oh, non ! mon cher et charmant Mr… (Elle
jeta un coup d'œil à la carte.) Brandstetter, mon
chou. Absolument pas. Pour rien au monde, coco.

Dave haussa les épaules.

– Sa femme est à moitié paralysée. Elle est beaucoup plus âgée que lui.

– Vous ne connaissez pas Jerry Dawson. C'était
un homme obsédé par la religion. Je ne parle pas
de la messe du dimanche. Je parle du lundi, mardi,
mercredi, jeudi, vendredi, samedi *et* dimanche.
Vous pouvez me croire. Et quant au sexe… Eh bien,
ça n'existait tout simplement pas. (Elle eut un petit
sourire narquois.) C'est vrai, c'était un homme qui
rougissait quand une femme disait juste « merde »
devant lui. Ça, il était vraiment du genre coincé de
ce côté-là. Une petite copine ! ironisa-t-elle avec un
petit rire. Non, mais vraiment.

– Qui ?

Un homme dans la quarantaine sortit de son
bureau avec un air épuisé. Il se faisait souvent
dorer au bord des piscines. Sa chemise s'ouvrait
jusqu'au nombril sur un corps qu'il s'acharnait à

entretenir pour rester jeune, ventre plat, pectoraux sculptés. Il portait un pantalon en toile moulant, une petite chaîne presque trop fine autour du cou et une moustache de cow-boy blonde. On aurait dit qu'il venait de se passer les doigts dans son brushing. Il s'immobilisa et considéra Dave derrière ses grosses lunettes fumées à monture argentée.

– Qui êtes-vous ? Je suis Jack Fullbright, dit-il en s'approchant et en tendant une longue main bronzée.

– Brandstetter.

Dave se leva et la serra. Elle était moite, mais ferme. Le sourire de Fullbright découvrait des dents blanches trop régulières, des couronnes, probablement.

– Je suis enquêteur pour la compagnie d'assurances de Gerald Dawson. J'ai quelques questions à vous poser. Pourriez-vous me consacrer un peu de temps ?

– Bien sûr, bien sûr, fit Fullbright en désignant la porte du bureau. Entrez. Servez-vous un verre. J'arrive. (Il se pencha sur la fille à cheveux de caniche en étalant des copies carbone froissées du connaissement.) On va partager les frais d'expédition. Voilà ce dont ils ont besoin, le minimum absolu. Fais-le envoyer par Emerson dès que Rog aura pu passer le prendre et l'emballer, d'accord ? Je lui parlerai pour les heures supplémentaires, ne t'inquiète pas. En attendant, demande à SeaLanes de faire des recherches depuis San Pedro. Ils ont déjà commencé à Southampton. Compris ?

– Vous allez partager les frais ?

– SeaLanes nous remboursera ensuite. Bon courage.

Il entra dans la pièce qui ne ressemblait en rien au bureau de la fille. C'était très lambris et peaux de vache. Là où il n'y avait aucun intérêt à percer une fenêtre – étant donné qu'à l'extérieur ne se trouvaient que des poubelles et des parkings – se dressait un paravent japonais du XIIIe ou une bonne copie. Des gens dans de petites barques admirant la lune au-dessus de montagnes couvertes de pins. Le bar derrière lequel passa Fullbright n'était pas en Formica : c'était du vrai teck.

– Au fait, désolé de vous avoir fait attendre. (Il sortit des verres en cristal et se baissa pour prendre un flacon de Schweppes dans le réfrigérateur. Comme par magie, des glaçons tombèrent de ses mains dans les verres. Il agita une bouteille verte. Du Tanqueray.) Gin-tonic, ça vous va ? Sinon, j'ai de la Heineken.

– Ça ira très bien. Merci.

– Quel est le problème concernant Jerry ? demanda Fullbright en servant. Je croyais que la police avait réglé la question. Il a essayé d'éjecter un gentil pornographe du coin et le gentil pornographe l'a éjecté, non ?

– Vous n'avez pas l'air ému.

– Il connaissait son métier, dit Fullbright en déposant des brins de menthe sur la glace. Il gérait très bien les finances. (Il tendit son verre à Dave et s'assit à son bureau.) Mais c'était un chieur de première.

– Sa femme et votre secrétaire me disent que ses chèques encaissés sont ici. Puis-je les voir ? Ces dernières semaines, il en a rédigé deux qui nécessitent quelques explications.

– Pourquoi ? Pour qui ? demanda Fullbright d'un air circonspect.

– Pour moi. Personne ne sait où il était cette nuit-là. Ça me tracasse. Je crois qu'il y avait autre chose dans sa vie que cette entreprise, l'église et sa famille.

– Il était de sortie avec sa bande de Nettoyeurs du Christ, fit Fullbright en haussant les épaules. À déchirer les sièges des cinémas pornos et à castrer les tapettes. Pour sauver nos enfants, comme dit Anita Bryant.

– Je ne crois pas. Les chèques ?

– Vous avez le droit ? (Il posa son verre et tendit la main vers le téléphone.) Je ferais bien de demander à notre avocat.

– Aussi longtemps que je penserai que Lon Tooker n'a pas tué Gerald Dawson, mais que c'est peut-être Mildred ou Bucky, Sequoia Life & Indemnity conservera les cinquante mille dollars que Dawson leur réservait. Avez-vous quelque chose contre eux ?

– Mildred ? Bucky ? répéta Fullbright, interloqué. Vous pensez que c'est eux qui l'ont tué ?

– Pour des raisons qui vous feraient rire ou pleurer si je vous les donnais. Débarrassez-moi de mes sordides idées, voulez-vous? Montrez-moi les chèques.

La main de Fullbright était toujours sur le téléphone, mais son bronzage avait viré au jaune. Il se leva.

– Venez, dit-il sans expression.

Il sortit du bureau, traversa la pièce aux murs en contreplaqué où la secrétaire indiquait au chauve le matériel à livrer sur les formulaires, et passa dans une autre pièce où une immense affiche de film encadrée, représentant une crucifixion sur une colline devant un ciel d'orage, occupait tout un mur au-dessus d'un bureau poussiéreux. Fullbright ouvrit le tiroir du haut d'un classeur métallique vert.

– Voilà. Servez-vous, ajouta-t-il avec un regard noir en sortant.

– Laissez la porte ouverte, dit Dave.

Fullbright obéit. Il ne retourna pas dans son bureau et alla dans le stock avec le chauve.

Les chèques encaissés étaient dans les enveloppes de la banque, classés par mois et entourés des relevés blanc et bleu. Ceux de sept cents et trois cent cinquante dollars étaient au nom de Sylvia Katzman. Au dos, le cachet rouge disait que son compte était à la Proctor Bank, agence de Westwood. Dave rangea les chèques et referma le classeur.

– Merci, dit-il à la secrétaire.

Elle était au téléphone. Elle agita son stylo sans lever le nez.

Dans le stock, le chauve à genoux et en sueur se débattait avec un gros appareil sur une étagère du bas. Debout à côté de lui, Fullbright lisait le manifeste froissé.

– Dawson avait-il comme client un jeune à barbe noire qui conduisait un gros pick-up avec des appareils dans la benne arrière? demanda Dave.

– Si c'est le cas, grogna Fullbright, je ne l'ai jamais vu.

– Merci.

5

Dans le petit bar sombre, il se servit du téléphone de Max Romano pour joindre Mel Fleischer
au siège de la Proctor Bank. Et pour appeler
Amanda, là où il redoutait de la trouver, en train
d'astiquer cette immense et splendide maison vide
dans Beverly Glen, attendant quelqu'un qui la tire
de sa spirale morbide. Il avait échoué une fois. Là,
elle répondit qu'elle viendrait. Elle vint. Elle resta
aveuglée dans la pénombre du restaurant après la
violence de la lumière crue de la rue, vacillant un
peu, craignant de faire un pas.

Elle aussi portait l'un de ces chemisiers froissés
et bouffants en coton avec un minishort et des
bottes hautes. Son sac en bandoulière était assorti
au souple chapeau de paille couvrant ses cheveux
lisses et noirs. Max, chauve et rondouillard, ses
menus sous le bras, trottina jusqu'à elle et lui parla
gentiment, sans doute pour la consoler de la mort
de Carl Brandstetter. Puis elle vit Dave et s'avança
en s'efforçant de sourire. Il lui faudrait encore un
peu d'entraînement.

Dave se leva de son tabouret et en approcha un autre pour elle.

– Tu as l'air en beauté.

– Je me sens perdue. Je déteste que les gens s'en aillent pour toujours. (Voyant le barman hausser les sourcils, elle désigna le verre de Dave.) Mais de quel droit j'étale mon chagrin devant toi ? Je n'ai qu'une année de souvenirs à regretter. Toi, c'est toute une vie.

– Tu n'y pouvais rien. Ni personne. Ça devait arriver et c'est arrivé. Tu es jeune. Refais ta vie.

– Je tourne en rond comme un animal mélancolique dans un zoo. Sauf que je suis plus triste encore.

– Mais non. Tu as la clé. Ouvre la cage. Pars.

– Où ?

Elle fouilla sans conviction dans son sac. Des cigarettes en sortirent. Longues, fines et brunes. Elle en glissa une entre ses lèvres et poussa le paquet vers Dave. Il en prit une et lui donna du feu avec son mince briquet d'acier.

– Au moins, quand je suis à la maison, je le vois, je l'entends. Dans une pièce, une autre, au bord de la piscine. J'entends son rire. C'est un fantôme bruyant.

– Si tu continues, c'est toi qui vas devenir un fantôme. (Dave regarda le barman poser un verre devant elle et prit la note.) Je sais. J'ai connu ça il y a quelques années. Tant que je n'ai pas quitté la maison qu'on partageait, j'étais incapable de fonctionner. Et même après, quand j'ai rencontré un être vivant qui venait chez moi, faisait son raffut dans la cuisine et dormait dans mon lit, ça ne suffisait pas.

– Doug ? demanda-t-elle avant de hocher la tête à sa propre question. Oui, Doug. Et maintenant, quand j'appelle il répond qu'il ne sait pas où tu es.

Elle goûta ce qu'on lui avait servi.

– Il n'a jamais su où j'étais, remarqua Dave.

– Tu es en train de rompre. Et quand j'appelle ton bureau de Medallion, on me répond : « Il ne travaille plus ici. »

– J'en suis parti avant qu'on me jette dehors. Sans perdre un instant. Traverser le dixième étage le lendemain de sa mort, c'était comme nager dans une piscine avec de grands requins blancs. Les vice-présidents.

– Tu plaisantes ? dit-elle en le dévisageant. N'est-ce pas ? Enfin, pourquoi ? Pourquoi on t'aurait viré ?

– Le risque. (Il inclina son verre et laissa les glaçons glisser dans sa bouche.) On ne pouvait pas me faire confiance.

– Mais ça faisait des années que tu étais là !

– Une éternité. On déjeune ?

Ils s'assirent dans de petits fauteuils tapissés de velours noir élimé, à une table où une bougie vacillait dans un photophore ambre.

– Tu as des parts, non ? demanda-t-elle en posant l'immense menu. Il me semblait que Carl m'avait dit…

– Assez pour ne pas mourir de faim, mais pas

51 %. (Il chaussa des demi-lunes à monture en écaille pour lire le menu et se demanda si le saumon froid était frais.) Pas assez pour contrôler la marche des affaires. Carl avait les 51 %. Mais ils ne resteront pas d'un bloc. Plus maintenant. Les veuves se le partageront. Excuse-moi.

– Pas moi. Une maison qui vaut au bas mot un quart de million de dollars et deux voitures de prix. Une. La Bentley est rétamée. Il ne leur a pas laissé les actions.

– Elles les obtiendront au tribunal. C'est le genre de femmes qu'il a épousées. Sauf toi. Et Lisa, peut-être. Et probablement Helena : elle possède déjà deux cents chevaux de course et la moitié du comté de Ventura. (Il posa le menu et ôta ses lunettes qu'il fourra dans sa poche.) Le carrelet farci est bien.

– Alors je vais en prendre. Tu viens souvent ici, non ?

– J'ai même connu Max avec tous ses cheveux. Depuis 1948. Bien avant que tu ne sois née. (Il balaya la salle du regard.) Peut-être que je vais arrêter, maintenant. Ça fait un fantôme de trop, je crois.

– Nous sommes venus un soir avec un lieutenant de police, Mr Barker. Il a dit que tu étais le meilleur dans ton domaine. Comment auraient-ils pu te virer ?

– C'est un de mes amis.

– C'est ce que m'a dit Carl aussi. (Elle but une gorgée.) Et j'ai lu les coupures de journaux. *News-Week*, *New York Times Magazine*. *People*.

– Mon Dieu, il les gardait ? Vieux fou sentimental. Je ne l'ai jamais su.

– Il avait une très haute opinion de toi.

– Arrête, je t'en prie.

Max lui posa la main sur l'épaule et apporta sur la table un téléphone tout en dorures avant de s'accroupir en grognant pour le brancher. Dave décrocha avec un regard d'excuse à Amanda.

– Sylvia Katzman habite dans l'un des trente-huit appartements qu'elle possède au-dessus de Sunset Strip, grésilla la voix de Mel Fleischer. Comment va Doug ? La galerie commence à payer ? (Doug vendait des peintures, sculptures et poteries sur Robertson alors que tous les autres vendaient des antiquités. Mel Fleischer collectionnait les peintres californiens des années 20 et 30. Il possédait plus de Millard Sheets que quiconque.) Est-ce qu'il m'a retrouvé ce Redmond ? C'est une grisaille d'eucalyptus au bord d'un étang. Il appartenait à un auteur de polars qui est mort. Et le testament, il est homologué ?

– Là, tu me coinces, dit Dave. Doug ne me parle pas des masses. Il discute en français avec une princesse polynésienne du nom de Christian Jacques qui tient un restaurant en face de la galerie. Si tu n'arrives pas à le joindre à la maison, essaie le *Bamboo Raft*.

– Oh, c'en est là ? Écoute, je suis désolé pour ton père.

– Merci. Je voudrais t'inviter pour te remercier. Ce soir ? Demain ?

– Demain. Ça peut être pour deux ? Et japonais ? Bon, d'accord, leur vinaigre et leur poisson cru, c'est insoutenable. Mais j'ai un gosse adorable qui se glisse constamment dans mon vieux lit de douleurs. Et partout où je vais, quand je jette un coup d'œil par-dessus mon épaule affaissée sous les ans, je le vois qui me contemple avec ses yeux en amande brûlants de désir. Évidemment, je vais me réveiller et ce ne sera qu'un rêve. C'est une splendeur de 22 ans. Tu imagines ?

– Amène-le.

– Il porte des kimonos. Mais tu sais, le genre court qu'on appelle « manteau du bonheur ». Ce n'est pas tout à fait approprié, moi je dirais plutôt « manteau d'hystérique », qu'est-ce que tu en penses ?

– Dans ton cas, oui. Disons chez *Noguchi*, sur Sawtelle Boulevard. C'est juste au-dessus de Venice. Vers 20 heures ? Oh, et merci pour Sylvia Katzman !

– J'ai dans l'idée qu'elle, elle me remerciera pas.

– Je ne parlerai pas de toi. Comme ça, elle ne pourra pas t'envoyer des lettres empoisonnées de Tehachapi.

– Tu es un ange. À demain soir.

Dave raccrocha.

– Les coupures de journaux, ça ne signifie rien pour les vice-présidents. Ils ne savent pas lire.

– Ne me dis pas qu'on a toujours voulu te flanquer dehors mais qu'on ne pouvait rien faire du vivant de Carl.

– Il m'avait prévenu. Chaque année, on décerne un prix au plus grand homophobe. Les favoris sont toujours les mêmes : services de police de toutes tailles, services fédéraux, d'État ou régionaux. La bande des fanatiques d'Anita Bryant. L'armée, la marine et les Marines. Les homosexuels eux-mêmes. Et les compagnies d'assurances. Ce sont les deux derniers les pires. Et les compagnies d'assurances gagnent toujours. Tout.

– Comme les casinos de Las Vegas ?

– Jusqu'au dernier sou. Les casinos sont obligés d'être fair-play. Tu as entendu parler d'une assurance fair-play ? Quand elles voient qu'il y a des risques, elles annulent tout.

– Tu es bizarre, dit-elle en clignant de l'œil devant la fumée qui s'élevait paresseusement autour de la bougie. Si tu détestes tant ce milieu, pourquoi as-tu continué à y travailler ? À cause de Carl ? Parce que ça ne te faisait rien quand c'était lui qui agissait comme ça ?

– Mon rôle, c'était de jouer honnêtement une partie vicieuse. J'aime bien ça. Ça me plaît encore. C'est pour ça que je ne raccroche pas le fusil. Je suis l'un des rares qui ait la chance d'être payé à faire quelque chose qui lui plaît. Presque personne n'y arrive. Oh, j'aurais préféré composer un bon quatuor à cordes ! Mais je ne serais même pas capable d'en composer un mauvais.

Un serveur en veste de velours noir vint prendre leur commande.

– Je ne suis bonne à rien, dit Amanda.

– Tu as décoré la maison. Elle est passée dans *Home*. Pourquoi tu n'ouvres pas une boutique sur Rodeo Drive ? Encore mieux : et si tu décorais ma nouvelle maison ? Depuis avant-hier, elle est à moi, d'après la banque.

– Tu me donnes le vertige.

– Moins que si tu restes à tourner en rond en t'apitoyant sur toi-même. On ira après le déjeuner. D'accord ? Apprête-toi à relever le défi.

– Tu travailles. Ne te crois pas obligé de jouer les thérapeutes avec moi.

– Gerald Dawson ne peut pas être plus mort qu'il n'est déjà. Et sa femme et son fils ne vont pas s'enfuir. Si j'étais à leur place, je filerais, mais ils resteront.

– Tu as trouvé quel genre de maison ?

– Je crois que l'ancien propriétaire était un loup avec un bonnet de grand-mère.

Il se trompa de rue à trois reprises dans Laurel Canyon avant de prendre la bonne. Il n'était venu que deux fois. Et il était préoccupé par Jack Fullbright. En ressortant sur le parking surchauffé, il l'avait vu charger un carton rempli de dossiers dans le coffre de sa Datsun 260Z décorée de flammes. Pour quoi faire ? Était-ce louche ? D'après ses vêtements, son bronzage, sa voiture et son allure, Fullbright n'était pas du genre à rapporter du travail chez lui. Le dossier de police sur l'affaire Dawson ne disait-il pas que Fullbright vivait sur un yacht à la marina ? Mais en quoi Dave lui avait-il mis la puce à l'oreille ? En lui demandant à voir des papiers ? Ce qui impliquait pour Fullbright le risque qu'il veuille en voir d'autres ? Il aurait donc emporté ce qu'il voulait cacher ? Qu'est-ce que c'était ? Et pourquoi ?

La rue s'appelait Horseshoe Canyon. Elle était en pente, juste assez large pour une voiture, et le macadam criblé de nids-de-poule grands comme des cratères avait viré au gris avec le temps. L'Electra tressautait et raclait le sol en grimpant. Dans le rétroviseur, il vit la Bugatti d'Amanda le suivre avec l'agilité d'une araignée. L'Electra était tellement longue qu'il eut un mal de chien à lui faire prendre l'allée défoncée descendant vers la maison, tapie, toute de planches brunies par le temps, sous des pins et des eucalyptus décharnés. En fait, c'étaient trois bâtiments dont les toits se touchaient. Il descendit de voiture. Amanda en fit autant.

– Eh bien, oui. Il va te falloir des jardiniers d'urgence, non ? (Elle s'avança vers la maison en faisant crisser le tapis d'aiguilles, de feuilles et de bouts d'écorce.) Des portes-fenêtres tout du long. C'est joli.

– Tu n'as encore rien vu.

Il l'entraîna derrière, dans la cour, où un vieux chêne de Virginie immense ombrageait les dalles rouges inégales et enfoncées qui rendaient la marche périlleuse. Une large et lourde porte à petits carreaux ouvrait sur une grande pièce lambrissée au toit en pente, avec des poutres au plafond.

– Onze mètres sur sept. Qu'est-ce que tu en penses ?

– C'est superbe. (Elle fronça les sourcils devant la cheminée en pierre.) C'est un peu mesquin, ça, non ? Et puis le matériau ne va pas. Et la forme non plus. Qu'est-ce que tu dirais de cette largeur-là, avec un foyer surélevé ? En briques de récupération, non ?

– Moi je n'ai rien à en dire. C'est toi qui décides.

Elle inclina la tête de côté avec un petit sourire qui disait qu'elle ne croyait pas à sa chance. Elle haussa les épaules, ôta son chapeau et tourna lentement sur elle-même en balayant la pièce du regard.

– C'est tellement californien, dit-elle en essuyant la poussière d'une vitre pour regarder dehors. Il ne faut surtout pas couper ces merveilleux arbres. Ils sont parfaits, ici. C'est un John Muir, non ? Un John Burroughs, un Joaquin Miller ?

– Avec du smog.

Elle ne releva pas et recula en se mordillant la lèvre.

– Mais ça assombrit. Qu'est-ce que tu penses de fenêtres en imposte au-dessus des portes-fenêtres ?

– Surélève le toit, ma petite. La boutique sur Rodeo, c'est une bonne idée. Tu dépenseras l'argent des autres avec grâce et abandon. On t'adorera à Beverly Hills.

– Celles qui ont des actions mal acquises ?

– Vas-y, fais-le. Commence aujourd'hui. Mais avant, viens voir la cuisine.

Un moteur vrombit dehors. Amanda se retourna pour regarder par la fenêtre.

– Tu as des visiteurs, dit-elle.

Ils retournèrent à leurs voitures. Un camion-remorqueur était garé dans l'allée en marche arrière. Un type au visage tanné en salopette pleine de cambouis était accroupi pour arrimer un crochet à l'arrière de l'Electra. En voyant Dave, il sortit un papier plié de sa poche et le lui tendit.

– Brandstetter ?

– C'est moi. Mais je n'ai pas appelé.

– C'est Medallion Life Insurance. (La voix appartenait à un jeune blond hirsute assis dans le camion.) C'est une voiture de fonction et vous ne travaillez plus pour eux. Ils veulent la récupérer.

Amanda fixa Dave. Il sourit.

– Tu ne vas pas me croire, mais j'avais oublié, je te jure. C'est la douzième ou treizième. C'était devenu une habitude. Je n'ai jamais conduit de voiture à moi de toute ma vie. (Il éclata de rire et fit un signe à l'employé.) Embarquez-la, mon vieux.

– Vous avez quelque chose à prendre dedans ?

– Non, mais vous voulez les clés, pas vrai ? dit Dave en les lui tendant. Il y a un stylo-bille et un bloc vierge dans la boîte à gants. Un chiffon pour le pare-brise. Et le manuel d'utilisation. Medallion peut tout récupérer.

– Mais qu'est-ce que tu vas faire ? s'écria Amanda.

– Te demander de me redescendre. Une fois que tu auras fait ta liste d'achats pour la maison. Après tu m'aideras à choisir une voiture que j'arrive à faire rentrer dans cette allée.

6

La Triumph faisait beaucoup d'efforts pour lui échapper. Son pied allait devoir apprendre la douceur, sinon il finirait sur la lune. Il la gara sur un parking creusé au bulldozer à flanc de colline derrière une rangée de magasins à façades de plâtre – boutiques de disques, bars et restaurants, aux étages regorgeant de bureaux d'agents artistiques et d'anciens étudiants d'UCLA qui se prétendaient producteurs. Le parking était rempli de vans, Porsche et Lotus payés par un père sinistre resté à DesMoines ou Kansas City, débordant de plus d'amour ou de désespoir que de bon sens. À cette heure-là, tout était calme et silencieux. Un jeune Noir assis sur le trottoir parlait tout seul à voix basse, coudes sur les genoux, la tête entre les mains. Une fille vêtue d'un t-shirt qui annonçait LES COW-GIRLS ONT AUSSI BESOIN D'AMOUR le croisa avec un étui à guitare. Elle portait un short en jean ultracourt et des bottes en cuir repoussé. Trois gosses d'une douzaine d'années et des deux sexes sortirent d'une boutique, chacun avec l'album de

Grease sous le bras, enfourchèrent des vélos et disparurent dans la lumière.

Il n'y avait pas grand monde dans le drugstore. Les longs présentoirs brillants alignaient jouets, cosmétiques, cachets contre la migraine et le rhume, livres de poche et serviettes de bain, verres et ouvre-boîtes électriques. Dans l'allée, un étui de pastels ouvert avait répandu son contenu sur le sol. Une main juvénile avait écrit avec le rouge ENCULÉ sur les dalles luisantes.

Dave se baissa, rangea les pastels dans l'étui orange, le referma et le reposa avec la douzaine d'autres semblables. Le rayon suivant proposait d'un côté des râteaux, binettes et plantoirs, des pots en terre cuite brute ou vernie et de jolies petites plantes sur des étagères en métal vert, et de l'autre, des sacs d'engrais et de tourbe. Au bout s'empilaient des bidons d'huile de moteur.

Il se retrouva devant un comptoir blanc surmonté d'un panneau indiquant en lettres dorées : ORDONNANCES. Un homme à cheveux gris était penché derrière une vitre. Dave appuya sur la sonnette du comptoir et l'homme arriva avec sa blouse blanche et un badge jaune orné d'un *smiley*. C'était un Japonais, avec des poches sous les yeux et des lunettes à monture d'écaille. Des doubles foyers : il rejeta la tête en arrière pour lire la licence que Dave lui tendait.

– J'enquête sur le décès de Gerald Dawson. Pour le compte de Sequoia, sa compagnie d'assurance-vie. Il a pris une ordonnance ici.

Il précisa la date.

– Je ne peux rien communiquer concernant les ordonnances, dit le pharmacien en lui rendant sa licence. Vous savez bien.

– Rien ne vous y oblige. C'étaient des pilules contraceptives. Dawson les a prises pour sa femme. Je veux simplement savoir si vous l'avez déjà vue.

– Des centaines de gens viennent prendre leurs ordonnances ici. Vous dites que c'est lui qui est venu. Et vous voulez savoir à quoi ressemble sa femme. Vous trouvez ça logique ? Moi pas.

Un jeune homme qui devait être son fils descendit bruyamment l'escalier au fond de la pièce vitrée. Il arriva au comptoir avec une boîte marquée UPJOHN.

– Moi je me souviens de lui, parce que le lendemain matin, ils ont annoncé à la télé qu'il avait été assassiné.

– Je vais préparer une ordonnance, dit son père en retournant à son poste dans l'arrière-boutique.

– Ils ont montré sa photo, continua le jeune homme en soulevant un pan du comptoir et en sortant avec la boîte. (Il la posa par terre, déchira le dessus et en sortit des flacons qu'il rangea sur une étagère du bas.) Ils ont dit qu'il était très religieux, un pilier de l'église, c'est bien ça ?

– C'est lui, confirma Dave.

– Peut-être. Mais pas sa femme. Sûrement pas !

– Une femme d'une soixantaine d'années. Paralysée d'un côté. Elle traîne la jambe.

– C'est là que ça colle pas. Elle a dans les 15 ans. Et je vais vous dire, elle est déchaînée. Vous avez vu le rayon glaces ? Devant près des caisses ? Vous savez ce qu'elle lui a fait faire pendant qu'il attendait l'ordonnance, pile là où vous êtes ? Elle lui a fait acheter trois glaces. D'un seul coup. Et il y a le rayon disques, là-bas. On n'a rien pour les passer. C'est des saloperies, des occasions. Si vous les écoutiez, vous voudriez même pas les acheter, voyez le genre ? Mais on a des petits mange-disques, en plastique, en forme de coccinelles, de pandas, tout ça. Voilà qu'elle en prend un, qu'elle le branche à la place d'une lampe et qu'elle passe le disque. Fort ? C'est rien de le dire. Et le pauvre type attend, de plus en plus rouge. Et elle, elle est assise par terre en short et t-shirt, en train de sucer sa première glace, et puis la deuxième, et la troisième, en en faisant dégouliner partout. Pensez si je me rappelle.

– Qui est le docteur Encey ? demanda Dave.

– Un des marchands de bonheur. Le grand bâtiment en verre à deux rues d'ici, par là-bas.

– Vous voulez dire qu'il vend ses ordonnances ?

– Généralement, c'est des acteurs qui veulent dormir, des scénaristes qui veulent rester éveillés ou des réalisateurs qui ont besoin de se calmer. En tout cas, c'est ce qu'ils prétendent être. Mais ils pourraient être n'importe quoi d'autre.

– Vous préparez leurs ordonnances ?

– On est là pour ça. (Il rangea le dernier flacon, referma la boîte et se releva.) Encey est encore inscrit à l'ordre. Tout le monde sait ce qu'il fait. Ce n'est pas un secret. Les autorités n'ont pas l'air de vouloir l'empêcher. Qu'est-ce qu'il a pris ce soir-là, Dawson ? Des contraceptifs ? Pas de quoi en faire un plat.

– Vous êtes sûr que la fille était avec lui ?

– Ils sont déjà venus ensemble. Elle montre les trucs. « Achète-moi ci, achète-moi ça. » Il se met en quatre pour obéir. Elle n'est pas très futée. Je veux dire… (Il dépassa Dave avec sa boîte, repassa derrière le comptoir et le rabattit.) Elle parle mal. Elle a dû arrêter le lycée, c'est sûrement une fugueuse. « Je vais faire du cinéma. Je vais faire de la télé », vous voyez le genre ? Ça débarque à Hollywood. Je ne sais pas où un type comme lui l'a dégotée. C'est vrai, il a bien l'air de ce qu'ils disaient à la télé : un gars qui fait la quête à l'église pendant la messe du dimanche. Le cliché.

– Elle vous a marqué. Elle est jolie ?

– Trop jeune. Pas de poitrine, des hanches de gamine. (Il se rembrunit.) Je sais pas. Il y en a des centaines comme elle dans cette rue. Elles ressemblent toutes à Farrah Fawcett, vous voyez la coiffure ? On croirait qu'elles lui ont empruntée.

– Cascade de cheveux blonds, dit Dave.

– Howard ? appela l'homme grisonnant.

– Vous l'avez vue la semaine dernière ? demanda Dave.

– Je ne crois pas. Vous m'excusez ?

Dehors, en pleine chaleur, le gamin noir s'était levé du trottoir et faisait son numéro. Il brandissait

le poing en roulant des yeux et articulait muettement des imprécations. Deux lycéens luisants de
sueur en shorts rouges passèrent en courant sans
même tourner la tête. Le Noir semblait regarder
Dave, mais il n'en était rien. Ce qu'il voyait, c'était
dans sa tête. Une Mobylette verte brillante tourna
le coin de la rue. Une fille en Bikini était juchée
dessus. Pas de poitrine. Une abondance de cheveux blonds. Lunettes noires. Jerry Dawson lui
avait-il acheté une Mobylette ? Elle le dépassa en
ronronnant.

Personne n'avait cisaillé la capote de la
Triumph. Elle sortit en coup de vent du parking.
C'était à croire qu'elle n'avait que deux vitesses :
point mort et casse-cou. Alors qu'il quittait Sunset,
le compteur faisait constamment l'aller-retour
entre zéro et cent vingt. La rue adjacente où s'élevaient les petits immeubles couleur sable de Sylvia
Katzman montait la colline dans une succession de
virages en épingle à cheveux. La Triumph les avala
en poussant de petits piaillements de pneus neufs.
Le numéro était indiqué par de gros chiffres en
bois découpé fichés dans le plâtre au bout d'une
tige. Dave descendit se garer dans le parking de la
résidence. La porte en haut de l'escalier était fermée à clé. Il remonta par la rampe et gagna l'entrée
dissimulée par des plantations. Il l'avait prévenue
par téléphone de son arrivée depuis le concession-
naire Jaguar-Triumph qui sentait le luxe et le cuir.
Elle l'attendait dans le hall, vêtue d'un débardeur
à rayures jaunes et vertes, d'un short jaune et de

sandales compensées assorties. Elle portait des lunettes papillon constellées de pierreries et une choucroute blond doré, le tout pour 1,50 mètre et dix kilos de trop. Elle lui ouvrit la porte vitrée.

– Je ne comprends pas de quoi il s'agit, dit-elle. D'assurance ? Un de mes locataires ?

– Gerald Dawson. Je ne sais pas si c'était un de vos locataires. Je sais seulement qu'il vous a fait deux chèques au cours des deux derniers mois.

– Il n'habitait pas ici. C'était pour sa fille, Charleen. Elle a divorcé et sa mère ne voulait pas qu'elle revienne chez eux, mais son père voyait les choses différemment et lui a loué cet appartement. Discrètement, voyez. Il y a quelque chose qui ne va pas ?

– Il est mort. Sa fille est là ?

– Oh, mon Dieu ! C'est vraiment dommage ! Le pauvre homme. Il n'était même pas vieux. Comment c'est arrivé ?

– Quelqu'un lui a brisé la nuque dans une rue sombre. C'est du moins ce qui semble.

– Écoutez, ça arrive tous les jours. Pour quoi vous croyez que je paie des vigiles ? Les alentours de mon immeuble sont illuminés comme – passez-moi l'expression – un arbre de Noël. Vous savez ce qu'il y a là-bas ? Sur Sunset Strip ? Des gens qui sortent d'un cauchemar, voilà. Je laisse toujours le parking allumé. J'ai un garde en dessous la nuit avec un uniforme et une arme. Il se tirerait sûrement une balle dans le pied s'il s'en servait, mais peut-être que ça peut faire peur aux violeurs et aux cambrioleurs, voyez? Qu'est-ce que vous voulez qu'on fasse?

– Et la fille de Dawson?

– Elle doit être en voyage, je ne l'ai pas vue depuis des jours.

– C'est vaste, ici. Vous l'avez peut-être manquée. Vous ne faites pas aussi la *concierge**, si?

– Je joue aux cartes trois nuits par semaine. Si vous me demandez si j'observe les allées et venues des locataires, non, évidemment que non. Chacun fait sa vie. Ils sont libres. Nous ne sommes pas en Europe, Dieu merci! Ni en Russie. Ce qu'ils font et l'heure à laquelle ils rentrent, c'est eux que ça regarde.

– Quel est le numéro de son appartement?

– Trente-six. Au troisième. Avec vue.

– Qui venait la voir? Elle avait des visites en dehors de Gerald Dawson? Si je comprends bien, par sécurité, les locataires doivent descendre en personne accueillir leurs visiteurs, c'est bien ça?

– Sauf s'ils leurs prêtent une clé. Ils ne sont pas censés le faire, mais comment prévoir le comportement des gens? Je pourrais voir vos papiers?

Il ouvrit son portefeuille pour lui montrer sa licence d'enquêteur.

– Il faudrait lui annoncer que son père est décédé. Les obsèques sont demain. Tout le reste de sa famille ignorait qu'elle habitait ici.

– Elle n'ira pas à l'enterrement. Elle se fiche bien

* En français dans le texte original. *(N.d.T.)*

qu'il soit mort. Sauf qu'il ne sera plus là pour payer le loyer. Il était très gentil pour elle, mais elle le traitait comme un moins que rien. Écoutez, les mères savent ce que c'est qu'une fille. Les pères, on peut les tromper. Sa mère avait raison.

Quelque part au loin, un téléphone sonna. Sylvia Katzman agita des doigts potelés couverts de bagues vers les escaliers.

– Allez-y, elle est peut-être chez elle. (Elle se précipita dans la direction de la sonnerie en dandinant des fesses dans son short moulant.) Vous êtes bien gentil de venir lui dire. Mais vous perdez votre...

Une porte claqua, coupant le dernier mot. Si tant est qu'il y en avait un dernier avec Sylvia Katzman.

Dave monta dans le silence climatisé jusqu'au troisième et longea une galerie où s'ouvraient cinq portes vitrées, jusqu'à la trente-six. Elle n'avait pas menti. La vue était belle. Elle aurait été mieux sans la brume ocre. Mais au-dessous, Los Angeles s'étendait sur des kilomètres jusqu'à la mer. Par une nuit claire, ce devait être un tapis de lumière et par une belle journée, les frondaisons des arbres. Les rideaux de la trente-six étaient tirés. Il appuya sur un bouton. Une sonnette bourdonna, mais personne ne vint ouvrir. Quelqu'un avait gratté de l'ongle du pouce un autocollant United Fund Drive posé à l'intérieur. En bas sur Sunset, la rumeur de la circulation montait comme un bruit de ressac. Un geai piailla. Dave sonna de nouveau.

Toujours personne. Il sortit son trousseau et inséra une petite lame dans la serrure. Elle tourna.

Les murs nus étaient couleur melon. Il s'avança sur la moquette brune. Des canapés en velours marron encadraient sur trois côtés une table basse où des fleurs se mouraient dans une coupe en poterie. Il sentit une odeur de pourriture. Deux plateaux de repas-télé étaient posés sur le comptoir en Formica devant les tabourets orange. Les plats étaient couverts de moisissure et le contenu des verres s'était évaporé. À côté d'un évier en Inox d'une propreté incongrue s'empilait de la vaisselle sale. Quand il ouvrit les portes sous l'évier, des boîtes de soda, de Colonel Sanders et des emballages de tacos s'écroulèrent sur le sol immaculé et luisant. Incongru, ça aussi. Il ouvrit la fenêtre pour laisser s'échapper l'odeur de poubelle, si elle le voulait bien. Tout près de la fenêtre, à portée de main, s'élevait un remblai retenu par des blocs de ciment et aboutissant à une rue tortueuse quatre ou cinq mètres plus haut. De ce côté de la rue, une clôture avait été cisaillée et les pans rabattus de chaque côté de l'ouverture. Le réfrigérateur bourdonna.

Dans la chambre, ce qui tenait lieu de lit était rond. Les draps étaient en satin ou dans quelque tissu issu des miracles de la science moderne. Ils étaient de la même couleur de melon et à moitié tombés, comme si on s'était battu. Un oreiller à demi sorti de sa taie en satin couleur de melon gisait dans un coin. Il ouvrit les portes coulissantes du placard. Le peu qu'il contenait sentait la sueur rance. Dans les tiroirs de la commode, il trouva des jeans, des t-shirts et des pull-overs à col roulé qui dégueule. Des collants, des petites culottes et des socquettes propres. Il referma les tiroirs. L'armoire à pharmacie de la salle de bains contenait de l'aspirine, des cachets pour le rhume, du déodorant, du dentifrice, une brosse à dents et un rasoir jetable. On avait coupé des cheveux dans la pièce. Des mèches brunes gisaient dans les coins sur les dalles corail et bouchaient le lavabo.

Il retourna dans la chambre en fronçant les sourcils. Il manquait un blouson pour lui tenir chaud la nuit. Il avait bien vu dans le placard des casquettes, des chapeaux, quelques écharpes en mousseline et un amas de chaussures. Il cligna des paupières. Un poster était scotché au-dessus du lit. On y voyait un jeune homme nu agenouillé, le visage collé contre le ventre d'une fille à la tête rejetée en arrière, les lèvres entrouvertes et les yeux fermés. Nue elle aussi. Les mains du garçon lui agrippaient les fesses. L'arrière-plan était noir. Le lettrage rouge. Jusqu'au bout. C'est ce qui était écrit en haut. En bas, il lut Spence Odum Production. La fille avait de gros seins et n'était apparemment pas blonde.

Revenu dans la pièce avec vue, il examina de nouveau les verres sur le comptoir. Les deux contenaient un stick à cocktail en plastique. L'un était d'un jaune maladif, l'autre d'un bleu maladif. Il s'approcha, mais la lumière était mauvaise. Il trouva l'interrupteur et des ampoules s'allumèrent tout autour de la pièce sous des abat-jour rustiques montés sur des poteries. Les lampes éclairaient peu, mais c'était suffisant. Les sticks portaient une inscription. Il chaussa ses lunettes et se pencha en essayant de ne pas respirer l'odeur de pourriture. Il y lut THE STRIP JOINT et une adresse sur Sunset.

Il rangea ses lunettes, essuya de son mouchoir la plaque en aluminium de la porte et referma en prenant la poignée avec le mouchoir. Déclic de la serrure. Il rangea son mouchoir et appuya sur la sonnette du trente-cinq. Personne ne vint ouvrir. Pas plus lorsqu'il sonna aux autres portes. Tous les appartements de cet étage fixaient la brume empoisonnée, aveugles, sourds et sans vie. Aucune importance. Il avait déjà trop de réponses. Ce qu'il lui fallait à présent, c'étaient les questions qui allaient avec.

7

Les parasols rouges et bleus de la terrasse du *Strip Joint* portaient la marque Cinzano. Dessous, une jeunesse bronzée en Bikini et shorts de surf, chapeaux de paille éraillés et chemises sans manches, respirait les fumées des pots d'échappement de la rue encombrée et faisait passer ses hamburgers à l'avocat avec des Coke, Seven-up et Perrier. L'un des jeunes portait, relevées dans ses longs cheveux blonds trempés, des lunettes de plongée à lanière de caoutchouc noir. En se frayant un chemin parmi les tables, Dave trébucha sur des palmes. L'air sentait l'huile solaire à la noix de coco.

À l'intérieur, ça sentait le bourbon et la fumée – pas seulement de tabac. Les lampes – le peu qu'il y en avait – n'étaient pas allumées. Ce que l'on voyait se devinait à la lumière du couchant qui filtrait par les fenêtres masquées d'un treillage de bambous. Les clients étaient plus vieux et Peter Frampton ne beuglait pas autant dans les haut-parleurs que dehors. Dave s'assit sur un tabouret en bambou à côté d'un bonhomme rondouillard en veste à carreaux et demanda un gin-tonic à la vague forme en salopette moulante derrière le bar. Dans la pénombre du fond de la salle, deux types en noir, chemises pas très repassées et jeans, arrangeaient des micros, amplis et haut-parleurs sur une petite estrade. Un larsen déchira l'air. Tout le monde se retourna. Le bruit cessa. Le barman plaça le gin-tonic devant Dave sans s'en aller. Il posa les mains sur le bar.

– Vous voulez autre chose?

– Qu'est-ce que je pourrais vouloir d'autre?

– Il y a toujours quelque chose. Ce sera quoi, cette fois-ci? Qui est en train de dealer? Qui est en train de sniffer dans les toilettes?

– Je ne suis pas un flic, répondit Dave.

– Vous êtes quelque chose dans ce genre. (Le barman avait une moustache tombante couleur paille et perdait ses cheveux, mais sa peau avait l'éclat de la jeunesse et ses yeux respiraient la santé. Ils le considérèrent pensivement.) Peut-être que vous êtes un déprogrammateur, sauf que je sens pas l'appât du gain chez vous. Vous pouvez pas être un privé. Ça existe plus. Et ceux qu'il y avait vous ressemblaient pas.

– Je suis dans les assurances. Auriez-vous vu une jeune fille maigre du nom de Charleen? Blonde, dans les 1,60 mètre, pour ainsi dire pas de poitrine, pas plus de hanches, peut-être accompagnée d'un type brun de petite taille, la quarantaine, avec des airs de diacre?

– Les jeunes peuvent pas entrer en journée. Et comme je travaille pas le soir, je risque pas d'en voir. (Il regarda derrière Dave et appela :) Priss ?

La jeune femme qui s'approcha portait le même genre de salopette bleu ciel que lui, mais les jambes étaient coupées très court et fendues sur le côté. Elle avait des cheveux de caniche comme la secrétaire de Superstar Rentals et un sourire éclatant et professionnel. Le barman lui parla de Charleen.

– Elle est venue ici, dit Dave. Elle a des sticks à cocktail qui portent l'adresse de ce bar.

– Oh, chéri ! fit la fille en portant une main à son front. Des comme ça, il y en a des douzaines. C'est tout ce que vous avez ? Même pas de photo ?

– C'était un couple bizarre, dit Dave en décrivant de nouveau Dawson.

– En quoi c'est bizarre ? fit Priss avec un petit sourire las. Mon chou, une fille pourrait venir ici au bras d'un panda que personne le remarquerait.

– Les jeunes viennent le soir, c'est ça ? demanda Dave au barman. Vous avez un groupe. Sûrement pas pour les ivrognes fermés à la musique comme moi. Alors ils doivent danser, non ?

– Le mur coulisse. De l'autre côté. Sans alcool seulement. 20 h 30. Et des petits trucs à bouffer, OK ?

– C'est tout ? interrogea Priss.

– Mon bon souvenir aux pandas ! lança Dave en levant son verre.

Elle s'éloigna. Le barman aussi. Dave se fraya

un chemin jusqu'à la petite estrade parmi la foule d'hommes dégarnis qui parlaient talents, albums, contrats. L'un des jeunes types osseux était parti. L'autre était assis aux claviers et tripotait les boutons en jouant quelques mesures. Dave monta sur l'estrade. Une paire de baguettes étaient posées sur une caisse claire. Il en prit une et frappa doucement une cymbale. Le jeune type sursauta et se retourna.

– Faut pas toucher !

Dave reposa précautionneusement la baguette et lui parla de Charleen et Gerald Dawson.

– Il danse mal, dit le jeune type maigre. C'est le pire qu'elle a jamais amené. Mais les autres, ils sont venus qu'une fois. Ils aimaient bien, ici. Lui, pas du tout. Pas étonnant qu'elle l'ait ramené des tas de fois.

– Elle avait eu plus d'égards pour les autres, hein ?

– C'était un connard. Il le méritait. Qu'est-ce qu'il fichait avec elle ? On lui aurait donné 10 ans. Pas de nibards, que dalle. Mais il en était dingue. Elle lui aurait fait faire n'importe quoi. Et elle était même pas futée.

– On dirait que vous la connaissiez.

Il avait des cheveux noirs, ternes, pas peignés. Ils glissèrent dans son col de chemise graisseux quand il secoua la tête. Il les dégagea d'un long doigt osseux.

– Quand on est assis là tous les soirs à jouer la même chose, ça devient mécanique et chiant. Alors je regarde, voyez ? Ah, c'est pas du Coppola, du Aldrich ou du Scorcese, juste des bouts de scènes, mais je fais le reste du scénario. Elle, c'est la plouc qui vient de sa cambrousse, OK ? Elle s'enfuit de son trou à la campagne pour gagner les lumières de la ville, le pasteur l'accueille et on se la rejoue Sadie Thompson. Vous connaissez ce vieux mélo avec Joan Crawford ? C'était le père de John Huston qui jouait dedans, vous le saviez ? Déjà que John Huston a l'âge du bon Dieu. C'était il y a un bail, mec.

– Vous vous êtes fait un film, dit Dave. Mais vous ne lui avez jamais parlé ?

– J'ai dit ça, moi ? (Les longs doigts maigres jouèrent un passage de *The Maid with the Flaxen Hair*. Le clavier électronique rendait un son argentin.) Je lui ai parlé. C'était une bavarde. Avec le premier venu. Elle allait faire du cinéma. Elle vendait son petit cul maigrichon toute la nuit sur le Strip. Et tous les michetons qu'elle se ramassait lui racontaient la même chose. Qu'ils étaient agents, réalisateurs, producteurs. Qu'ils la feraient tourner. Et elle y croyait. Ils lui disaient qu'elle prenait bien la lumière, voyez le genre ?

Des flûtes synthétiques se joignirent au chœur. Ce qui jaillissait sous ses doigts était tendre, passionné. Tout le contraire de ses paroles désenchantées.

– Qu'est-ce que vous lui avez raconté ? Que vous pouviez lui décrocher un contrat dans une maison de disques ?

– J'ai pas changé les draps depuis longtemps. Chez moi, c'est des piles de linge sale. Elle adorait ma bite, mais je crois pas que mon genre de vie l'ait convaincue que j'avais de quoi l'aider dans sa carrière.

Il conclut par un petit rire désabusé, mais la musique était toujours aussi sentimentale.

– Dawson n'était ni agent ni réalisateur ni producteur, dit Dave. Il ne pouvait pas la faire tourner.

– Je sais pas. (Son haussement d'épaules n'empêcha pas ses doigts de continuer avec la même douceur.) En tout cas, c'est sûr qu'il en avait pas l'air. Lui, je le voyais plutôt payer le loyer, ce genre-là. Mais à l'époque où elle est venue la première fois avec lui, juste un peu avant, elle disait qu'elle avait réussi. Qu'elle avait un rôle. Un grand. Qu'elle serait une star. Elle avait même rencontré le producteur.

– Elle vous a dit son nom ?

– Comment elle aurait pu ? Un type qui passe en Seville toute neuve et qui ouvre sa portière à toutes les filles sur le trottoir, il va dire comment il s'appelle, peut-être ? (Le morceau de Debussy toucha à sa fin. Il leva les yeux vers Dave.) Vous êtes qui ? Vous lui voulez quoi ?

– Vous avez dit que le type aurait fait n'importe quoi pour elle. Je crois qu'il est mort pour elle. Il est mort, c'est sûr. Si je peux la retrouver, elle me dira peut-être pourquoi.

– Elle vient plus.

– Depuis combien de temps ? (Il lui précisa la

date de la mort de Dawson.) Ce serait dans ces eaux-là ?

– Vous pensez qu'elle est morte ? (Sa peau ne voyait jamais le soleil. Sa moustache, ses cheveux noirs et la lumière de la partition reflétée par le clavier lui donnaient une couleur d'ivoire. Elle vira au blanc de craie.) Mince, elle avait que 16 ans.

– La date correspond ? demanda Dave.

– Ouais. Non. Je sais pas. Je regarde pas constamment le calendrier. Tous les soirs sont pareils, ici. (Ses lèvres tremblèrent. On aurait juré qu'il allait pleurer.) Bon Dieu ! Ça doit être ça. Ça fait dix jours, hein ? Ouais, ça doit faire à peu près ça.

– Elle n'est pas revenue chez elle. Où pourrait-elle aller ?

– Je sais pas, mec. Elle couchait à droite, à gauche. Pour bouffer. C'est vrai, quoi, personne allait lui passer la pantoufle de vair. Pour elle, la citrouille restera toujours une citrouille. Quelle folle, quelle petite idiote !

– Vous écrivez vos paroles vous-même ?

– C'est une citation de je sais plus quel film, dit-il avec un sourire las. (Mais ce qu'il jouait à présent, c'était la *Pavane pour une infante défunte*, avec un son de célesta qui lui donnait un côté boîte à musique très approprié.) Qui sait ? Vous pourriez voir qu'elle a brusquement signé un contrat d'un million de dollars et emménagé dans une des villas de Beverly Hills.

– Un contrat de ce genre, je ne crois pas qu'elle y

ait eu droit. Vous avez déjà entendu parler d'un producteur du nom d'Odum ? Spence Odum ?

– Ils tournent des films qui mettent en scène une équipe de base-ball junior. Les Bad News Bears. Elle pourrait bien être dans le suivant. *Les Bad News Bears contre les Vieux Cochons ?*

– Elle ne vous a pas dit que le producteur avec qui elle avait signé s'appelait Spence Odum ?

– Pas de nom. Elle m'a tiré la langue quand je lui ai demandé. Elle s'est défilée tout de suite. Avec des réponses de cour de récré. « Si tu me poses pas de questions, je te dirai pas de mensonges », mima-t-il d'une voix geignarde. (Il appuya sur des boutons. Debussy baissa d'un ton. Puis se tut complètement. Il rabattit le couvercle du clavier.) Il faut que je bouffe.

– Si vous vous rappelez quoi que ce soit la concernant, appelez-moi, d'accord ? dit Dave en lui tendant sa carte.

La carte fut fourrée dans une poche de chemise qui contenait déjà des stylos et des cigarettes. Les cuisses squelettiques glissèrent sur le banc.

– À plus tard.

Le type sauta de l'estrade et s'engouffra dans la foule des clients puis, après s'être arrêté pour mettre des lunettes noires, disparut dans ce qui restait de lumière du jour. Dave posa son verre sans le terminer et en fit autant. Dehors, on continuait de manger. Et Peter Frampton de chanter. La température s'était rafraîchie et des chemises surgies de nulle part couvraient les épaules enduites d'huile solaire. Priss vint à sa rencontre, son plateau sous le bras.

— Charleen Sims, dit-elle. Un grand crétin est passé avec sa photo. Une petite blonde toute maigrichonne. Il l'avait dans l'album de photos du lycée d'une petite ville de merde dans un coin perdu. Il la montrait à tout le monde. Quelqu'un avait vu Charleen ? Ça vient de me revenir.

— Juste à temps. À quoi ressemblait ce grand crétin ? Il avait un nom ? Et sur l'album, qu'est-ce qui était écrit ? Comment s'appelait la petite ville de merde de ce coin perdu ?

— Vous savez à quoi il ressemblait ?

— À un panda ?

— À Big Foot. Vous savez, le monstre qui est censé hanter les bois de l'Oregon, de Washington ou de je sais plus trop où ? Vous avez déjà vu ces documentaires bidonnés, non ? Mauvaise qualité, beaucoup de grain, des plans en 8 mm d'un type tout nu, barbu et plein de poils qui cavale dans les sous-bois ? C'est du muet, mais on imagine très bien les grognements.

— Il a grogné son nom devant vous ?

— Il était super parano. Pas de noms. (Elle serra le plateau sur sa poitrine entre ses bras croisés.) Il se cramponnait à son album comme ça, il tenait pas à ce qu'on voie la couverture, juste la photo. Il voulait pas de questions, juste des réponses : où elle était. Une semaine plus tard, voilà qu'il revenait. C'était pitoyable. Il avait plus l'album. Pensez. Charleen était idiote, mais elle avait fini par apprendre. Lui, c'était un vrai gosse. Évidemment, quelqu'un lui avait tout piqué. Il a eu de la chance de pas finir en caleçon. Il chialait pour son album, mais vraiment, comme un môme. C'était la seule photo d'elle qu'il avait. (Elle regarda derrière Dave, fronça les sourcils et hocha la tête.) Il faut que j'aille prendre une commande. Désolée de m'en être souvenue que maintenant.

– Une dernière chose. Vous l'avez revu récemment ? Big Foot ?

– Non, ça fait… quoi ? deux semaines ? Il était dans tous ses états. À cause de l'album. Il croyait l'avoir oublié ici. En fait non.

Elle essaya de rentrer. Dave lui barra le chemin.

– Vous ne l'avez jamais vue avec lui ? Il ne l'a pas trouvée ?

– Il y a neuf millions d'habitants dans cette ville. Comment il l'aurait trouvée ? Lui-même, il était perdu. (Elle essaya de passer.) Écoutez, il faut que…

– Et ce Spence Odum ? Vous l'avez déjà vue avec lui ?

– C'est quoi, un Spence Odum ?

– Un producteur de films. Vous avez des gens du cinéma qui viennent ici.

– Il vous a dit qu'il était producteur ? Ils mentent tous, vous savez.

– C'est une affiche qui me l'a dit. Dans l'appartement de Charleen. Au-dessus du lit. Il tourne le genre de films pour lequel elle a exactement le profil.

– Les gens me disent pas souvent leur nom.

Quelqu'un cria dans la pénombre crépusculaire de la salle.

– Désolée, il faut que j'y aille.

Cette fois, il la laissa passer.

Des mômes avec des cannettes de sodas étaient assis sur le capot de la Triumph, là où il l'avait garée, à mi-chemin sur la colline. Des skaters le dépassèrent en le frôlant. Il ne parla pas aux gamins. Quand il s'arrêta et sortit ses clés, ils s'éloignèrent.

8

Le ciel était encore un peu lumineux, mais lorsqu'il monta Horsheshoe Canyon, c'était déjà la nuit derrière l'écran des arbres. De gros sacs en papier brun du supermarché s'entassaient sur le siège à côté de lui. Il dut jongler et s'aider des genoux pour les empoigner tous. Giflé par les branches, il avança à l'aveuglette jusqu'à la cuisine. Il dut les poser pour ouvrir la porte. Puis il lui fallut un moment pour trouver l'interrupteur. L'ampoule était faiblarde. Il jeta les sacs près de l'évier, sur le plan de travail en carreaux blancs dont Amanda avait déjà signé l'arrêt de mort.

Tout comme elle avait signé celui des placards en pin verni et graisseux, dont aucune porte ne fermait convenablement. La cuisinière et le réfrigérateur, à l'émail écaillé, tiendraient probablement encore dix ans, mais elle voulait qu'il en achète des neufs. Il se demanda quelle couleur elle choisirait : cuivre, cinabre, héliotrope ? Il vida les sacs, remplit les placards et le réfrigérateur, dont la lampe était morte. Il avait apporté un sachet de glaçons. Il déballa un gros verre – il en avait acheté six au supermarché – y jeta de la glace et se fit un Martini-gin.

Il le laissa refroidir, traversa la cour aux dalles inégales sous les poutres d'où pendait une plante grimpante à grandes fleurs blanches en forme de trompettes, et gagna le troisième bâtiment, où des masques d'escrime et des fleurets rouillaient sur les murs en pin noueux. Sa chaîne stéréo était posée sur le sol poussiéreux. Il en avait branché tous les éléments le jour où il l'avait apportée de l'appartement qu'il partageait avec Doug, au-dessus de la galerie. Il prit l'album du dessus de la première pile venue et, sans regarder ce que c'était, posa le disque sur la platine. Le quintette pour clarinette de Mozart. Il monta le volume, laissa la porte ouverte et retourna à la cuisine, suivi par la musique.

Il avait oublié d'acheter un ouvre-boîte, mais il en trouva un accroché entre les deux fenêtres du dessus de l'évier. Des années de service avaient incrusté la lame de restes de nourriture, mais il n'y prêta pas attention et s'ouvrit une boîte de chili. Il versa le contenu dans l'une de ses poêles en aluminium de supermarché toute neuve et, en attendant qu'il chauffe, coupa, dans une assiette de supermarché, de la laitue avec un couteau de supermarché brillant et à peine tranchant. Il éminça un demi-oignon. Il n'avait nulle part où mettre l'autre moitié. Il le laissa, râpa un peu de Monterey Jack Cheese crémeux et s'assit par terre, appuyé à un placard, pour boire son Martini-gin en écoutant la musique et en respirant l'odeur du chili.

– Espèce de salaud !

Johnny Delgado se dressait sur le seuil. Il était mal rasé. Il aurait fallu qu'il se change depuis quelques jours. Un peu plus gris que la dernière fois, ses cheveux hirsutes tombaient dans ses yeux noirs, où brillait la lumière de la cuisine. Il tenait à peine debout. Il se cramponna à la porte et vacilla.

– Espèce de saloperie de vautour perché sur son arbre à les regarder me déchiqueter en attendant de venir se repaître – se repaître de ma foutue carcasse !

– J'ai déjà du mal à trouver cette maison en plein jour, dit Dave en se levant. (Le chili bouillonnait. Il posa son verre, baissa le feu et le remua avec une cuiller toute neuve.) Et à jeun. De quel système de guidage es-tu doté ? (Il ouvrit une boîte de café, rinça le filtre qu'il avait acheté au supermarché et y versa du café avec un petit doseur en plastique jaune. Puis il remplit une casserole d'eau et la posa sur le gaz.) Personne ne t'a déchiqueté, Johnny. Tu l'as fait tout seul.

– Tu m'as piqué mon boulot.

– Je ne te l'ai pas piqué. (Dave sortit la laitue du bac à légumes et en éminça une autre assiettée avant de ranger le reste.) Tu l'as rendu à Sequoia et comme ils ne savaient pas quoi en faire, ils l'ont réparti. Ce que j'ai eu, c'est ma spécialité, il paraît : une enquête sur un meurtre où tout cloche.

– Ils ont jamais essayé de me joindre, protesta

Delgado en s'asseyant sur un escabeau. Ils ont mon numéro.

– Ils en avaient un. (Dave versa le chili sur son lit de laitue.) Tu avais déménagé. Sans laisser d'adresse. (Il saupoudra le chili de poignées de fromage râpé qui fondirent aussitôt.) Et tu n'avais pas payé tes factures depuis un moment. (Il répandit l'oignon émincé.) Ils l'ont dit à Sequoia. (Il arracha la Cellophane d'un carton qui contenait des couverts bon marché, en sortit deux fourchettes, en posa une sur une assiette et la tendit à Delgado.) Ça a fait mauvaise impression. Comme d'apprendre que tu étais constamment saoul.

Delgado fit une grimace devant l'assiette.

– Je veux pas de ça. Mais qu'est-ce que tu essaies de faire ? Putain, il en faut, des couilles, pour voler le boulot d'un mec et lui offrir à manger ensuite.

– Je t'offre à manger parce que tu es un ami, que tu es chez moi, que j'ai préparé le dîner et que tu as besoin de te caler l'estomac avec autre chose que du bourbon. Mange, Johnny, sinon je te la renverse sur la tête.

Il lui fourra l'assiette sous le nez. Delgado la prit en grognant et chipota du bout de sa fourchette.

– C'est une drôle de baraque.

– C'est ce qui m'a permis d'expédier les formalités quand je l'ai achetée.

– Je suis allé de l'autre côté, dit Delgado en inclinant la tête. Là où il y a de la musique. C'était quoi, ici ?

– On y donnait des cours d'escrime. Mange.

– Si je gerbe, tu l'auras voulu. (Il prit une énorme bouchée. Rouvrit la bouche. Du chili lui coula sur le menton. Il écarquilla les yeux.) ' Dieu ! Chaud !

– Le chili froid, je n'ai jamais tellement aimé.

Son assiette dangereusement penchée à la main, Delgado se leva, poussa l'escabeau et ouvrit le réfrigérateur. Des bouteilles de Dos Equis brillaient sur l'une des grilles. Il tendit la main.

– De la bière. Ouais !

– De la bière. Non.

Dave referma la porte. D'un coup de pied, il repoussa l'escabeau et y assit Delgado. L'homme empestait la crasse. Dave ne l'avait jamais vu autrement qu'en chemisette blanche et cravate. La cravate avait disparu et le col était sale.

– Maintenant, tu manges. Il y a de l'eau si tu as besoin de le faire passer.

Il jeta le reste de son Martini-gin, rinça le verre, le remplit d'eau et le tendit à Delgado qui fixait les bouteilles de bourbon, scotch et gin sur le comptoir. Dave le lui mit sous le nez.

– Bois.

Delgado l'écarta, baissa la tête sur son assiette et entreprit d'engloutir le chili.

– Dégage ça de là ! Je déteste cette saloperie. Je vais manger. Mais comment je fais pour me fourrer dans des situations pareilles ?

– Tu cours dans tous les sens pour trouver quelqu'un à accuser du pétrin dans lequel tu t'es

97

fourré. Personne n'a plus envie que toi d'en prendre la responsabilité.

– Marie, dit Delgado la bouche pleine. C'est elle la responsable. (Il éclata d'un rire rauque et postillonna du chili, de l'oignon et du fromage.) Pourquoi pas ? Elle a pris tout le reste : voiture, maison, compte en banque. Qu'elle prenne aussi la responsabilité. (Il effleura les taches sur son pantalon et sa chemise.) Putain, j'ai l'air d'un pochard. (Il se releva et posa d'une main tremblante l'assiette encore à moitié pleine qui racla bruyamment le comptoir. Il regarda Dave droit dans les yeux.) Me force pas à manger, OK ? Et puis fous-moi la paix !

– Ce n'est pas moi qui suis venu chez toi. (L'eau bouillait. Dave la versa sur le filtre.) C'est toi qui es venu, n'oublie pas. Assieds-toi. Non, je ne vais pas t'obliger à manger. Tu as le droit de boire. Du café. Des litres de café fort, noir.

Delgado s'apprêtait à s'en aller. Dave lâcha la casserole vide qui tomba bruyamment dans l'évier, fit deux enjambées et lui saisit le bras. Delgado essaya de se dégager. Le geste était agressif, mais sans force. Sous la veste sale, Dave sentit un bras amaigri, celui d'un vieillard, alors qu'il n'avait pas 40 ans. Dave lui fit faire volte-face et l'assit sur le tabouret. Delgado lui lança un regard noir.

– Et puis après ? Tu vas me forcer à prendre une douche, c'est ça ? Parce que je suis encore trop saoul pour conduire ? Tu vas me mettre au lit pour que je cuve ? Je me trompe ? Bien sûr que non. Et à un moment donné dans la nuit, tu te retrouveras dans le lit avec moi. Ouais, c'est ça. (Il hocha la tête avec une grimace méprisante et frotta son menton mal rasé. Un morceau de viande resta collé à ses doigts et il s'en débarrassa d'une pichenette.) Tu sais ce que tu es et moi aussi, alors c'est le scénario pour cette nuit, c'est ça ?

– C'est toi qui l'as écrit, dit Dave. Je t'écoute.

Mozart s'arrêta. À présent, ils n'entendaient plus que le bruit de l'eau qui gouttait sur le café et le crissement des grillons dans l'obscurité moite du canyon.

– Tu as besoin d'une douche. Je vais te prêter des vêtements. Un sweat-shirt et un jean. Tu es trop saoul pour conduire. Ce n'est pas grave, je vais te ramener. Tu habites où ?

– Dans un motel de merde à Santa Monica, marmonna Delgado. S'ils m'ont pas foutu dehors.

– Tu veux dormir ici, c'est ça ? demanda Dave en le dévisageant. C'est pour ça que tu es venu. Pas pour me bouffer le nez à cause de ton travail. Pour trouver où dormir. (Il déballa une tasse de supermarché, la rinça sous le robinet et la remplit de café.) Tu es fauché. Tu te sens seul. (Il tendit la tasse à Delgado qui le regardait, les yeux rouges, vides.) Et tu as envie de baiser. Tu t'offres en paiement de ce que je peux faire pour toi, mais ce qui t'intéresse surtout, c'est de tirer ton coup.

Delgado gémit et balança la tasse à travers la pièce. Du café éclaboussa les placards et ruissela. La tasse était solide. Elle ne se brisa pas. Delgado se leva péniblement du tabouret et sortit en titu-

bant. Il tomba à quatre pattes et vomit. Bruyamment. Pitoyable. Dave s'approcha et, depuis le
seuil, essaya de voir dans la faible clarté de la cuisine et du bâtiment d'en face s'il n'y avait pas un
tuyau d'arrosage enroulé quelque part parmi les
hibachi[1] cassés, les planches de surf fendues et les
meubles de jardin bancals sous les plantes grimpantes. Delgado était soulagé. Il s'essuya la
bouche d'un revers de manche.

– Je t'avais prévenu, grogna-t-il. Il a fallu que tu
me forces à bouffer. Tu as pas pu t'en empêcher.

– Rentre prendre du café.

– Tu crois que je vais accepter quoi que ce soit
de toi, maintenant? (Il se remit debout et cracha.)
En sachant ce que tu penses?

– Tu crois que ce que moi je pense est pire que ce
que toi tu penses? Allez, viens. Laisse tomber. (Il
entraîna Delgado dans la cuisine et le poussa
devant l'évier.) Débarbouille-toi.

Delgado passa sous le robinet des mains qui
n'avaient pas vu d'eau depuis longtemps et se lava
le visage. Dave lui tendit un torchon de supermarché. Il ramassa la tasse et la remplit de café.

– Bois ça. Prends une douche. Et cuve.

Sans un mot, renfrogné, Delgado fit ce qu'on lui
disait. Dave l'emmena dans la salle d'escrime. Il
sortit un jean et un sweat-shirt d'un carton. Puis il
conduisit Delgado dans la salle de bains dont les
dalles blanches couvertes de poussière crissaient.

---

1. Barbecues japonais. *(N.d.T.)*

Il referma la porte et, pendant que l'eau coulait, il dressa le cadre de lit, y rabattit le sommier posé contre le mur, puis le matelas. Il sortit d'un autre carton des draps et des couverture, et fit le lit. La douche s'arrêta.

– Essaie pas de te raser ce soir, dit Dave. Demain.

Il prit une couverture, sortit et referma la porte. Il ouvrit le grand bâtiment principal, y jeta la couverture, appuya sur plusieurs interrupteurs avant qu'une lueur s'allume quelque part dehors dans les buissons. Il ressortit. Il lui semblait avoir vu un tuyau d'arrosage quelque part. Il s'avança vers la lumière, écrasant en chemin des feuilles de chêne sèches et des fruits d'eucalyptus desséchés. Leur odeur s'éleva, entêtante, dans la chaleur de la nuit. Il trouva le tuyau. Chercha le robinet à tâtons, y fixa le tuyau, l'ouvrit et prit un jet d'eau en pleine figure. Il le traîna de l'autre côté jusqu'à l'endroit où Delgado avait fait ses dégâts et, bouchant à moitié l'extrémité du pouce pour renforcer la puissance du jet, balaya le vomi des dalles dans la terre sous les buissons.

– Le jardinier de minuit, dit une voix.

Dave se retourna. Il connaissait cette silhouette – mince, étroite, le halo de cheveux gris éclairés par-derrière. C'était Doug, avec qui il avait vécu pendant trois ans et qu'il avait quitté.

– Juste sur ta gauche, le robinet. Tu veux bien le fermer ?

Doug s'enfonça dans l'ombre. D'après le cri

qu'il poussa, il avait dû se faire éclabousser. L'eau cessa de couler et Dave laissa tomber le tuyau. Doug revint. Il portait une veste de safari en lin aux poignets retournés et en essuyait l'eau.

– Qu'est-ce qui t'amène ici ? demanda Dave. Christian s'est jeté dans un volcan ?

– Je voulais voir si tout allait bien.

Le porte de la salle d'escrime s'ouvrit. Delgado apparut dans ses vêtements propres. La lumière faisait briller ses cheveux mouillés.

– Dis donc, fit-il. Je voulais te remercier. Je me sens sacrément mieux.

– Tu en as l'air, constata Dave. Il y a un carton de médicaments par terre dans la salle de bains. Prends de l'aspirine. Ça t'empêchera peut-être d'avoir mal au crâne demain matin.

– Ça m'embête de prendre ton lit. (Delgado vit Doug et sursauta.) Oh, merde ! C'est qui ?

– Ne vous occupez pas de moi, dit Doug. Continuez comme si je n'étais pas venu. Manifestement, je n'aurais pas dû.

– Oh, zut ! marmonna Delgado. Désolé, Dave.

– Il n'y a pas de quoi l'être. Bonne nuit.

Delgado hésita, puis il tourna les talons, les épaules basses, rentra et referma la porte.

– Tu arrives encore à me surprendre, dit Doug.

– Tu veux du café ?

9

Des coups frappés au carreau le réveillèrent. La clarté soudaine de la grande pièce le fit ciller et il songea que percer d'autres fenêtres serait peut-être une erreur. Le relax qu'il avait traîné là depuis la cour grinça quand il se retourna en grognant. Les courroies qui reliaient le cadre en tubes d'aluminium étaient détendues et le rembourrage du matelas en plastique imprimé de fleurs criardes était inégal. Il ramena la couverture sur sa nudité et se redressa. *Toc-toc-toc.* Il plissa les paupières vers les portes-fenêtres. Amanda lui souriait par le cercle qu'elle avait tracé la veille sur la vitre poussiéreuse. Il leva une main si lourde qu'elle lui sembla appartenir à quelqu'un d'autre. Il était un peu tôt pour sourire, mais il s'y efforça.

– Il va falloir que tu dégages ! cria-t-elle. Des tas de costauds arrivent avec des barres de fer.

Il lui désigna la porte, enfila tant bien que mal son pantalon et alla lui ouvrir pieds nus. Il se passa une main dans les cheveux. Il avait un goût aigre dans la bouche. Doug et lui avaient bu des Dos

Equis et grignoté des tortilla-chips jusqu'à une heure avancée – laquelle, il l'ignorait. La conversation était restée réservée et courtoise, mais il espérait que Doug ne prendrait pas l'habitude de venir.

C'est tout ce qui reste de ce qu'on a partagé. Et ce qu'ils avaient partagé était voué à l'échec dès le début. Le cancer lui avait enlevé Rod et Doug avait perdu Jean-Paul dans un accident de voiture. Ils avaient essayé de compenser mutuellement ces deux absences. La vie ne fonctionne pas comme cela. L'amour ne fonctionne pas comme cela – si tant est qu'il fonctionne jamais. Qu'est-ce qu'ils fichaient sur ces tortilla-chips ? Une espèce de poussière rougeâtre. Avec un goût d'ail. Il passa sa langue sur ses dents et ouvrit à Amanda. Son t-shirt annonçait UNISEXE et elle portait un jean à quatre-vingt dix dollars. Elle était en tenue de travail.

– Il y a quelqu'un dans ta cuisine. Charmant, genre méditerranéen, hagard, avec de longs cils noirs. Il m'a proposé du café d'un ton enjôleur. J'ai eu un peu peur. Et s'il y avait eu de la drogue dedans ? J'aurais pu finir dans un bordel de Turin.

– Ou un motel de Santa Monica, sourit Dave, ce qui est pire. Va l'aider à préparer les œufs au bacon. S'il a un geste déplacé, braille et j'accourrai. Plein de savon et cul nu, mais j'accourrai.

– Toujours des promesses, dit-elle en partant vers la cuisine.

Dave clopina et boitilla jusqu'à la salle d'escrime. Marcher pieds nus dans la cour était pénible. Un contre-ténor se colletait à Monteverdi quand il alluma la radio. Il chercha des vêtements dans les cartons et passa à la salle de bains. Quand il en sortit, douché et rasé, la radio était passée à un duo de piano et violon, un air du XXe siècle. Delgado et Amanda mangeaient, assis au bord du lit, assiettes sur les genoux, des tasses de café fumantes à leurs pieds. Delgado s'apprêta à se lever, mais Dave alla dans la cuisine chercher son assiette gardée au chaud dans le four, se servit une tasse de café et vint les rejoindre. Il s'assit de l'autre côté du lit, but une gorgée de café pour faire disparaître le goût de menthe du dentifrice et avala ses œufs.

– J'ai plein de catalogues à te montrer dans la voiture, dit Amanda. Des carnets d'échantillons, des tissus, de la moquette, des meubles. J'espère que tu n'as pas prévu une grosse journée de travail.

– Je peux m'en charger, proposa Delgado en se retournant vers Dave. À qui je dois parler ?

– Spence Odum. Peut-être qu'il sait où est Charleen Sims. Sauf qu'il faut déjà que tu le trouves. J'ai regardé dans l'annuaire. Il n'a pas d'adresse professionnelle ou personnelle. Il fait des pornos.

– Je vais te le trouver. Qu'est-ce que tu lui veux à ta Charleen machin-chose ?

– Elle a peut-être été témoin d'un meurtre.

Dave se sentit coupable d'avoir vérifié le niveau des bouteilles dans la cuisine. Il connaissait les alcooliques. Delgado avait dû se réveiller dans un sale état. Le remède, c'était de descendre de l'alcool le plus vite possible. Pour endiguer les tremblements, la panique. La bouteille de gin était la seule que Dave avait ouverte et elle ne semblait pas moins pleine que lorsqu'il s'était préparé son Martini-gin. Le Jack Daniels et le Glenlivet n'étaient pas entamés.

– Tu n'es pas obligé, dit Dave.

– J'ai envie. Peut-être que si je m'en sors bien, tu parleras pour moi à Sequoia.

– Tu t'en sortiras très bien. Peut-être qu'elle ne s'appelle pas Sims. Peut-être que c'est Dawson. Prends ça pour ce que ça vaut, mais je doute qu'Odum appartienne à un syndicat. Et sûrement pas à la Motion Picture Academy.

– Il a sûrement une voiture.

– Deux cents dollars par jour plus les frais.

– Pas question, dit Delgado en finissant son café. Vingt billets pour l'essence et le déjeuner. Et si j'étais pas fauché, je prendrais rien. (Il posa la tasse sur l'assiette et se leva.) Je fais la vaisselle et j'y vais.

– N'oublie pas que le motel t'a fichu dehors.

– Ce n'est pas ton problème, dit Delgado en prenant la tasse et l'assiette d'Amanda. J'ai peut-être essayé de te faire croire le contraire hier soir, mais j'ai eu tort.

– Laisse la vaisselle, dit Dave. Tu as préparé le petit déjeuner. Mon portefeuille est dans la grande pièce par terre, à côté du truc où j'ai dormi. Prends plutôt cinquante. Tout coûte cher, là-bas. Et ce serait dommage que tu sois à court.

– Laissez-moi faire, intervint Amanda en prenant la vaisselle des mains de Delgado et en sortant dans la cour mouchetée de soleil. Et bon courage ! ajouta-t-elle en se retournant à mi-chemin.

Elle entra dans la cuisine et Dave entendit couler l'eau. Il s'assit et termina son petit déjeuner. Il entendit la porte claquer et les pas de Delgado crisser et décroître. Mais pas de bruit de moteur. Il avala le reste des œufs et se leva, déposa l'assiette dans la cuisine et sortit avec sa tasse. Delgado était penché sous le capot ouvert d'une vieille Pontiac dont un des feux arrière était cassé. Un canif à la main en guise de tournevis, il essayait de rebrancher des fils. En voyant Dave, il se redressa et se cogna le crâne. Il se frotta la tête en grimaçant. Mais cela n'empêcha pas la culpabilité de se lire dans son regard.

– Ne t'affole pas, dit Dave. Tu l'as bousillée pour ne pas pouvoir la redémarrer une fois que tu m'aurais bien crié dessus ou que je t'aurais viré. Comme ça tu étais obligé de rester. On m'a déjà fait le coup.

Delgado le fixa en se demandant s'il devait se sentir vexé. Puis il se pencha de nouveau sous le capot et tripota les fils.

– Il doit bien y avoir des trucs que tu ignores sur les gens. C'est forcé. C'est logique. (Il grogna en faisant un dernier effort.) Voilà.

Il se releva et claqua le capot, puis il replia son canif et le rangea dans la poche du jean que lui avait prêté Dave.

– Quand les gens sont au bout du rouleau, ils font des choses improbables. C'est tout. Ça n'a rien d'extraordinaire.

Delgado ouvrit la portière qui grinça. Du siège usé s'échappait le rembourrage de coton. Delgado s'installa au volant, mit le contact et claqua la portière.

– Sauf que tu n'es jamais surpris, dit-il.

– Ça m'est arrivé une fois ou deux. C'est dangereux. Je n'aime pas ça. Mais je sais qu'il y a des chances que ça arrive à nouveau. Je n'ai pas encore rencontré tous les habitants de ce monde, mais c'est l'impression que ça me donne.

Delgado avait fait un ballot de ses vêtements sales. Ils étaient sur le siège à côté de lui. Il avait dû les y mettre quand il s'était levé.

– Je vois de quoi tu parles, répondit-il.

– Le tout, c'est de se rappeler que c'est seulement en apparence que les gens sont pareils. En réalité, non. Et j'en connais un qui s'apprête à me faire la surprise de ma vie.

– J'espère que c'est pas moi.

Dave tapota la portière et recula.

– Bonne chance ! Appelle-moi quand tu auras trouvé Spence Odum. Attends, je ne t'ai pas donné mon numéro.

– J'ai piqué une carte dans ton portefeuille, sourit Delgado.

Il recula. De la poussière jaillit des pneus usés. Le vieux moteur gronda en s'efforçant de tirer la voiture jusqu'en haut de l'allée défoncée. Delgado leva la main et laissa la Pontiac descendre en pétaradant le macadam criblé de nids-de-poule. Dave préféra ne pas penser au nombre de verres que Delgado pourrait s'offrir avec cinquante dollars et retourna dans la cuisine aider Amanda à la vaisselle.

Après quoi, ils s'assirent en tailleur dans la grande pièce pour regarder les photos sur papier glacé de meubles variés, caresser et palper des échantillons de moquette et de tissus d'ameublement. Un homme noueux amputé d'un bras et ses deux fils taciturnes arrivèrent dans une ranchero et arpentèrent la maison en maugréant sur tout le travail qu'il y aurait à faire. S'ensuivirent quantités d'additions au dos d'enveloppes – briques, bois, maçonnerie, heures de travail, tôle, câblage, dallage. Un pick-up brinquebalant descendit l'allée en tressautant et un couple de vieux Japonais en déchargèrent des outils de jardinage. Une tronçonneuse commença à vrombir. Quand la femme basanée à chapeau et chaussures d'homme l'arrêta, Dave entendit le téléphone dans la salle d'escrime. Il courut répondre.

– C'est Minuit, dit la voix à l'autre bout du fil.

– Non, midi. (Dave consulta sa montre.) Une heure moins dix, pour être exact.

– Non, mec : *Richie* Minuit. (On entendait la rumeur d'un restaurant dans le fond.) Dans le Wisconsin, le reste de la famille s'appelle toujours Mittelnacht, mais comment vous voulez qu'un DJ prononce ça ? Comment vous voulez mettre ça sur une pochette de disque ?

– Il y a bien Engelbert Humperdinck, répondit Dave. Mais peu importe. Vous avez trouvé Charleen, c'est ça? Qu'est-ce qu'elle a fait? Elle est revenue danser un coup?

– Elle est pas revenue et je l'ai pas retrouvée. Mais je peux vous dire que je l'ai cherchée. Elle est morte, mec. À tous les coups. Elle a disparu quand on a tué Dawson, ce pauvre type avec qui elle était, non? Personne l'a revue. C'est vrai, quoi, jusque-là, elle était du genre voyant et bruyant. Tout le monde la connaissait sur le Strip. Et pour que quelqu'un comme elle disparaisse, faut qu'elle soit morte.

– Votre amie Priss estime la population de LA à neuf millions d'âmes. Il est plus probable que cette âme-là se soit égarée.

– Faites pas de l'esprit là-dessus.

– Pleurez pas trop vite, dit Dave. Je ne sais pas combien de morts vous avez vus, mais ça n'a rien de romantique.

– J'ai fait le Vietnam.

– On vous a appris à briser des nuques?

– On m'a appris à me fixer à l'héro. Et à ne pas cracher sur les pianos de merde sur lesquels on me faisait jouer.

– On s'éloigne des raisons de votre coup de fil. C'était à quel sujet?

– Je suis tombé sur un mec. Il traîne souvent sur le Strip. C'est-à-dire que je le connais sans le connaître, vous pigez? C'est pas un ami, juste une connaissance. Un acteur. Sauf que c'est pour une seule et unique raison qu'il tourne. Il a un organe exceptionnel, voyez ? Et...

– Et il a travaillé pour Spence Odum.

– Bravo. Et il sait où tourne Odum.

– Dites-le-moi, alors.

10

L'immeuble dont Mittelnacht lui avait donné le numéro était sur le Strip et d'une allure bizarre. La façade était de style colonial : volets verts et colonnades blanches. Un panneau annonçait des appartement à vendre derrière la porte verte à heurtoir en laiton brillant. Dave profita d'un trou dans le flot de voitures pour tourner dans une rue adjacente en pente abrupte et se glissa dans une impasse. Places de parking devant des arrière-boutiques, poubelles, caisses défoncées. Les entrées de service blindées n'étaient pas numérotées pour la plupart. Mais un numéro correspondant à celui de l'agence immobilière était tracé à la peinture blanche sur une porte en contreplaqué. Devant, une grande fille au maquillage voyant, vêtue d'un assortiment rose, rouge et orange de jupes, écharpes et foulards, fumait, coiffée d'un turban jaune orné d'une aigrette cerise. Il gara la Triumph à côté d'une camionnette blanche. Pas la moindre inscription : elle n'avait pas l'air très engageant mais plutôt destinée au business, au business anonyme. La fille portait d'immenses créoles dorées et avait une voix rauque. Elle toisa avidement Dave et lui déclara avec un sourire de regret :

– Désolée, on n'entre pas.

La porte s'ouvrit. Un jeune mec à lunettes, à la pomme d'Adam saillante et l'air d'un étudiant annonça :

– OK. Il te demande.

– Excusez-moi, dit la fille. C'est la grande scène dans la salle de tortures.

Elle laissa tomber sa cigarette, l'écrasa sous une sandale dorée d'où dépassaient des orteils aux ongles vernis et pailletés et entra. Dave lui emboîta le pas.

Avant que la porte ne se referme, la lumière du jour éclaira des toilettes jonchées de perruques, tubes de maquillage, boîtes de fond de teint et Kleenex tachés de rouge. Un panneau annonçait Interdiction de fumer.

La porte se referma et la seule lumière qui resta provenait d'une grande salle aux murs de brique, où un projecteur éclairait crûment une adolescente nue en train de se débattre dans un sarcophage en carton peint en rouge et or posé verticalement. Des menottes brillantes reliées par des chaînes à l'intérieur de la boîte lui emprisonnaient poignets et chevilles. Le couvercle du sarcophage était en deux parties arrondies, toutes deux ouvertes. La grande fille se plaça d'un côté, symétriquement à une autre portant le même accoutrement. À contre-jour, Dave aperçut deux hommes qui opéraient une caméra posée sur un trépied. On n'entendait que le ronronnement du moteur. La fille hurlait muettement et se tortillait sans conviction sous ses entraves clairement lâches, tandis que les deux servantes voyantes refermaient lentement chacune leur moitié du sarcophage mortel. Fermées à 30 %. À 80 %.

– Coupez ! On ne bouge plus !

L'homme qui avait parlé avait des cheveux crépus et hérissés. Il était grand, rond, mou. Il s'avança dans la lumière éblouissante : costume noir, cape noire, moustache de mandarin postiche. Il défit les menottes et la fille nue se glissa hors du sarcophage. Elle avait des cheveux couleur bronze, tout comme sa peau, parfaite malgré quelques rondeurs adolescentes. Elle s'éloigna dans la pénombre, tandis que les filles avec leur attirail criard restaient aussi immobiles que des statues. L'homme aux cheveux crépus retourna à la caméra.

– Très bien. (Il baissa la tête et porta les mains à son visage.) Une seconde que je m'apprête. OK. Moteur ? Action !

La caméra ronronna de nouveau et les filles reprirent la fermeture du sarcophage.

Au dernier moment, cape au vent, un grand chapeau mou cachant ses cheveux hirsutes, l'homme surgit en pleine lumière. Il se jeta sur les battants et les ferma. Puis il se retourna face à l'objectif. Il avait mis un loup. Il leva le poing vers la caméra, rejeta la tête en arrière et éclata d'un rire triomphal et dément. Il s'était mis de fausses dents de vampire à deux sous. Il garda la pose. De la sueur coula de sous le masque. Il garda la pose. Il la quitta.

– Zoome, abruti ! hurla-t-il. Zoome ! Rappelle-toi ce que je t'ai dit !

– Oh, merde ! Désolé, Spence, s'excusa le cameraman.

Spence leva les yeux au ciel.

– Herman, pourquoi tu n'es plus là ? (Il soupira et s'essuya le visage.) OK. Oublie pas, cette fois.

Il se retourna vers le sarcophage, posa les mains dessus, fit volte-face, refit le même geste poing brandi, le même rire insensé. Il garda la pose. Le cameraman tripota sa caméra. Spencer garda la pose. Il la quitta.

– Coupez. (Il dénoua sa cape et la laissa tomber, fit une grimace et enleva ses fausses dents.) C'est dans la boîte. (Il glissa les dents dans sa poche.) Virez-moi le sarcophage.

– Vous voulez pas qu'on voie le sang qui coule ? demanda le jeune homme à la pomme d'Adam saillante en s'approchant dans la lumière avec un script avachi, couverture bleue, gros rivets dorés. C'est la scène suivante que vous avez écrite.

– Pas pendant que je paie des acteurs à rien faire, dit Spence. (Un rire moqueur jaillit de l'obscurité.) De toute façon, on n'a pas de ketchup sous la main. J'en piquerai deux ou trois flacons au Fatburger ce soir.

– Radin, radin ! psalmodièrent des voix dans le noir.

Spence ôta son loup.

– Dégagez la caisse ! Et qu'on allume un peu, OK ?

Un corps chaud, lisse et nu frôla Dave. Des interrupteurs cliquetèrent. Les murs de la grande salle en brique étaient de couleurs différentes. Le long du rouge, un mannequin était vautré dans un antique fauteuil de barbier. La gorge était tranchée au-dessus du col cassé et la tête pendait en arrière. Dave avait vaguement le souvenir d'un *Barbier démoniaque de Fleet Street*. Le long du mur bleu, des chaînes et menottes pendaient au-dessus d'un appareil de torture en bois avec des cordes et une grosse roue – un chevalet ? Des fers étaient plantés dans les faux charbons ardents d'un brasero.

Celui qui avait allumé frôla de nouveau Dave. Il avait la vingtaine, des cheveux blonds et l'harmonieuse musculature d'un marbre romain. Il arborait cette chair dont il faisait commerce avec aussi peu de sensualité que des vêtements. Il alla s'asseoir sur une méridienne drapée d'une étoffe en velours noir élimé brodée de paillettes. La fille du sarcophage y était déjà assise et fumait une cigarette, jambes croisées. Le garçon ramassa une cannette de Coca par terre et en prit une gorgée. Le jeune à pomme d'Adam saillante et un autre, encore plus jeune, coiffé d'un casque dont le cordon pendait, chargèrent le sarcophage sur un diable et l'emportèrent.

– Doucement ! cria Spence. Le cognez pas. Je veux m'en servir dans ma prochaine superproduction qui fera un triomphe. Ce sera une baignoire remplie de champagne.

– De Ginger Ale ! lança l'une des grandes filles.

– Pourquoi pas une voiture de sport ? demanda le blond nu. On peint des phares et une calandre, on met des roues et on la fait dégringoler en feu d'une falaise. Comme à la télé. Sensationnel.

– Vroum ! fit Spence en examinant le scénario. OK. Où est l'inspecteur Hardcock[1] du CID ?

Un homme d'âge mûr fit *ah !* et sortit d'un coin où un lit en cuivre luisait sur un fond de papier peint en velours violet. Il glissa son script sous son bras, coiffa son crâne chauve d'un chapeau à la Sherlock Holmes et se ficha une pipe d'écume entre les dents. Il portait une moustache et un costume en tweed.

– C'est fascinant, gloussa-t-il. Pourquoi vous ne filmez pas dans l'ordre ?

– J'aurai déjà de la chance si j'arrive à le mettre dans le bon ordre au montage. Où est le flingue ? Je t'ai pas donné le flingue ?

Il passa près du divan où étaient assis les deux adolescents nus et fouilla dans une malle à ferrures de cuivre dorée et constellée de fausses pierreries. Il en sortit un pistolet en fer blanc qu'il jeta à l'homme. Puis il se dirigea vers un décor peint de fausses briques où était ménagée une porte.

– Bon, tu rentres là-dedans. Brusquement, tu vois ? Mais fais gaffe. C'est du polystyrène et du

1. Durebite. *(N.d.T.)*

118

carton. (Il plissa les yeux en examinant les deux gros projecteurs montés sur pied de chaque côté de la porte, puis il regarda autour de lui.) Randy? Rends-moi service, mon chou. Vire-moi ça de là. Fous-les dehors. J'en ai marre de les déplacer à chaque plan.

La fille avec qui était entré Dave alla les prendre. Elle était costaud. Elle passa près de Dave avec ses projecteurs qui ployaient en grinçant à chaque pas. En le voyant, elle écarquilla ses yeux soulignés de mascara.

– Merde alors! comment vous êtes entré? Vous allez avoir des ennuis.

– Il faut bien que ça arrive une fois à tout le monde, dit Dave en lui ouvrant la porte.

Dehors, le soleil tapait. Empêtrée dans ses jupes et ses écharpes, elle sortit péniblement les projecteurs dans un cliquetis de ferraille. Des plaques métalliques brillantes rivetées dessus indiquaient SUPERSTAR RENTALS. Spence était en train de briefer l'homme au chapeau.

– Dans la scène précédente, tu viens de découvrir la Maison de l'Horreur du Docteur Fou. Tu l'as cherchée dans le brouillard dans tout Soho. Tu regardes autour de toi. Tu es effaré, tu vois? On intercalera des plans de coupe du sarcophage, des instruments de torture, de la momie, et tout. Alors prends ton temps. Et là, tu tombes dessus – les gosses que tu essaies de protéger. Tu restes ébahi. Complètement sous le choc, tu vois? Tu es arrivé trop tard. (Il se retourna.) Junie? Harold?

– Oh, merde, ça y est! (Harold reposa son Coke par terre et souleva lourdement sa beauté du divan, l'air mécontent et harassé.) C'est là qu'il faut que je la porte, c'est ça?

– Alors ça, c'est méchant. (La fille décroisa les jambes, se pencha et écrasa sa cigarette sur le ciment.) Tu sais bien que je fais un régime.

Elle se leva en rejetant ses cheveux en arrière.

– Tu arrives de là-bas, vers les toilettes, en la portant dans tes bras. Tu arrives dans le champ, là, pigé? Tu t'arrêtes devant les marques par terre. Sauf que cette fois-ci, tu évites de les regarder, OK? Tu les repères du bout du pied. Tu es abasourdi. Visage sans expression. Ça devrait pas être compliqué. Tu fixes l'inspecteur. Junie, tu es évanouie tellement tu souffres, oublie pas. Alors tu laisses pendre ta tête, complètement. Un poids mort dans ses bras, pigé?

– Ouais, Spence, dit le jeune mec en revenant vers Dave.

– Ça sera vite fait, assura Spence.

– J'espère que tu as une ceinture de muscu dans ton coffre, ronchonna Harold.

– Ça ferait bien dans les scènes de sexe, plaisanta Spence. Plie les genoux en la soulevant et ça ira.

– Estime-toi heureux qu'il refasse jamais une prise, ironisa Junie.

– Prononce jamais ce mot en ma présence, dit Spence.

– Il faut que je la prenne dans mes bras maintenant? demanda Harold.

– Juste une fois pour voir. Tu es pas obligé de la porter avant qu'Harold arrive et commence à regarder autour de lui.

– Ouais, que je regarde partout *bien lentement*, ricana Harold. (L'air dégoûté, il se baissa et tendit les bras.) Viens par là, ma grosse.

Mais Junie aperçut Dave.

– Il y a un drôle de type, là.

– Quoi ? (Spence vit Dave à son tour et s'approcha.) Nous sommes sur un tournage interdit au public. Qu'est-ce que vous voulez ?

– Savoir où est Charleen Sims, dit Dave en sortant sa licence. Elle a raconté à des gens qu'elle tournait des films. Vous êtes Spence Odum, c'est ça ? Chez elle, il y a une affiche d'un de vos films au-dessus de son lit. Elle a quitté précipitamment son appartement il y a dix jours et elle n'est pas revenue. Je suppose que vos affiches ne courent pas les rues.

– Nous sommes très connus à Possum Stew[1], dans l'Arkansas, dit Spence Odum. Et à Gopher Hole[2], dans le Nebraska. Mais pas à Ninive ni à Tyr. (Il jeta un regard las à sa montre.) Écoutez, j'ai un budget très serré. Je peux pas perdre mon temps à vous parler. Qui, vous dites ?

– Charleen Sims. Ou peut-être Charleen Dawson.

– Jamais entendu ces noms.

---

1. Ploucville. *(N.d.T.)*
2. Trou perdu. *(N.d.T.)*

– J'étouffe, là-dedans. (Le type d'âge mûr ouvrit la porte du décor en carton-pâte.) Si je dois tourner cette poignée, ce sera avec la main droite. Alors il faudra que je tienne le revolver de la gauche.

– On va voir ça, répliqua Odum sans se retourner.

– Blonde, petite, mince, dit Dave. Probablement 16 ans, mais en paraissant 12.

Odum fit mine d'être choqué, ouvrant de grands yeux, une main à la bouche.

– Mais, mais, bafouilla-t-il, c'est… enfin, c'est… immoral ! (Il fit signe au couple nu qui éclata de rire.) Est-ce que c'est mon genre ?

Il se tourna vers le fond de la salle d'un air désemparé. Le cameraman souriait narquoisement. Tout comme les deux jeunes qui rangeaient le sarcophage dans son coin.

– Voyez-vous la moindre dépravation sur ce plateau ? La moindre perversion ? (Il se retourna vers Dave, ôta son feutre et le serra contre sa poitrine.) J'espère que vous n'allez pas répandre ce bruit. Vous pourriez compromettre mon avenir chez Walt Disney.

Junie gloussa. Harold et l'équipe s'esclaffèrent.

– C'est celui de Charleen qui m'inquiète, dit Dave. Elle a été mêlée à un meurtre. On l'a peut-être assassinée elle aussi. Bon, alors, vous savez quelque chose sur elle ?

Les rires se turent. Odum reprit son sérieux.

– Non, pas du tout. Je ne l'ai jamais rencontrée, son nom ne me dit rien. Je ne sais même pas d'où elle sort cette affiche. Tout le monde arrache tout, de nos jours, vous savez bien. Je l'aurais pas employée. Trop jeune. Juré. (Il regarda sa troupe, se retourna.) Pourquoi on l'aurait tuée?

– Parce qu'elle a été témoin du meurtre de Gerald Dawson.

Odum s'humecta les lèvres.

– Superstar Rentals?

– Là où vous vous fournissez.

– Je connais pas cette fille, répéta Odum. Vous pouvez me croire. (Il consulta de nouveau sa montre.) Écoutez, vous voulez bien partir, maintenant, je vous prie?

– Je reviendrai, dit Dave en sortant.

Aveuglé par le soleil, c'est seulement une fois monté dans sa Triumph qu'il remarqua que Randy l'avait devancé et était déjà assise dedans, avec ses créoles et ses faux cils pailletés. Elle dégageait une forte odeur d'encens.

– Vous me payez un verre? demanda-t-elle de sa voix rauque. Ou vous préférez que ça soit moi? Pour faire plaisir aux féministes. Sinon, on pourrait bouffer ensemble, il est pas trop tôt.

Comme Dave était toujours aussi ébloui, il tendit la main et lui toucha le visage. Sous l'épais maquillage, il sentit des poils de barbe. Il éclata de rire et mit le contact. La Triumph démarra en rugissant. Il sortit en marche arrière de l'ombre de la camionnette blanche.

– Il faut que je voie quelqu'un à la marina, dit-il. Ça te plairait de manger là-bas?

– J'adore boire des *mai tais* au *Warehouse* en regardant les petits bateaux couler à l'ouest.

– C'est à cause des petits parasols dont ils décorent les *mai tais*. (La Triumph quitta l'impasse et gagna la rue.) Pauvre petit papillon et tout, c'est ça ?

– « Qui attendent sous les boutons de fleurs », cita Randy en soupirant.

Le *Warehouse* était décoré de filets et de tonneaux. Sur la terrasse en caillebotis, d'énormes pots de fleurs trônaient sur des bittes d'amarrage. Il était 15 heures. Presque toutes les tables étaient libres. Les touristes étaient partis avec leurs Minolta en bandoulière remplis de photos floues d'eaux bleues et de bateaux blancs. Ceux qui oscillaient dans la longue et étroite baie avaient des voiles rayées rouge et orange. Ceux qui étaient amarrés étaient recouverts de bâches bleues. Aucun d'eux n'était le yacht de Fullbright. Il était plus loin. Dave lui rendrait visite après.

– Non, dit Randy Van. Spence n'aime pas qu'on se fiche de lui. Il sait que je suis un trave. Penses-tu ! S'il pouvait, il prendrait que ça. Mais pour des raisons évidentes, il faut bien qu'il y ait au moins une vraie fille dans le lot.

Il fit tourner entre ses ongles écarlates le petit parasol en papier et bambou. Il avait laissé le turban et une bonne partie de ses écharpes dans la Triumph garée sur le parking près des immenses aquariums de carpes koï. Il sourit à Dave.

– Ouin! La réalité vient toujours me gâcher la vie.

– Ça ne peut pas faire une carrière, dit Dave. Il ne gagne pas un sou. Il ne pourrait pas payer les tarifs syndicaux.

– Rigole pas, dit Randy en prenant une gorgée de ce cocktail qui ressemblait à du sang. Il file huit dollars par jour, mais même s'il payait au tarif syndical, il tourne en deux jours. Et ensuite, plus rien pendant des mois. Ma carrière, elle consiste à manœuvrer une machine à coudre dans un hangar rempli d'immigrées clandestines mexicaines. Et elles pensent faire partie d'une minorité opprimée. Elles!

– Il prétend qu'il n'a jamais employé de petite maigrichonne blonde du nom de Charleen. À peine sortie du lycée. C'est vrai?

– Oui, jamais. (Randy secoua la tête. Sa perruque à boucles noires et luisantes glissa. Il la rajusta des deux mains.) J'ai bossé dans tous ses films, alors je suis bien placé pour savoir. Même s'il voulait, il pourrait pas. Les ploucs de l'Iowa qui font la queue le samedi soir dans la rue seraient scandalisés. Et comme en Alabama, ils foutraient le feu au cinéma. (Randy prit une gorgée de *mai tai*. Le rouge à lèvres s'était accumulé sur le bord du verre.) Il me prend, mais il soupire et engage des gros nibards et des grosses fesses engraissées au maïs. Comme Junie.

– On dirait une étudiante.

– Elle fait son droit à l'université de Pepperdine.

Elle tourne juste pour se marrer. (Il haussa un sourcil.) Tu croyais pas qu'elle faisait du hard, quand même ? Oh, non. Harold et elle se roulent à poil sur le grand lit en haletant et en s'embrassant, mais ça s'arrête là. Les ploucs réactionnaires auraient une attaque s'ils le faisaient pour de vrai. C'est ça des *skinflicks* : ce que tu vois, c'est pas ce que tu crois, mais ça te le fait croire.

– Et il tourne en deux jours ?

– Avec un généreux budget de dix mille. Je peux avoir une cigarette ?

Dave fit glisser son paquet sur les planches brillantes. Il alluma les deux cigarettes.

– Merci, dit Randy. La majeure partie du budget passe dans les lumières, le matériel et la location du studio. La musique ? Il enregistre en douce dans les clubs de jazz. L'équipe ? Des étudiants en cinéma qui veulent apprendre le métier et le supplient de les prendre. Les salaires ? Quels salaires ?

– Le cameraman aussi ?

– Maintenant, oui. Avant, c'était toujours Herman.

– Avant quoi ? Il a l'air de lui manquer, à Odum. Où il est ?

– Mort. Herman Ludwig. Une espèce de réfugié de derrière le Rideau de fer. (Il frémit.) Cette expression me fait toujours grincer. Il paraît qu'il était connu en Europe. Dans le temps. (Randy contempla les bateaux qui se balançaient sur l'eau scintillante et souffla la fumée.) Il s'est fait descendre. Sur le parking derrière le studio. En pleine nuit. Les deux jours en question, c'est plutôt du quarante-huit heures d'affilée. Spence était en train de monter le plateau quand Herman est sorti chercher du café. Et quelqu'un l'a abattu d'un coup de fusil.

– Qui ? Quand ?

– Personne ne sait. Celui qui l'a descendu a filé en voiture. On n'a rien entendu. Le studio est insonorisé. Le shérif a découvert plus tard que les voisins avaient entendu, mais personne n'a appelé. Comme il revenait pas, on m'a envoyé le chercher et je suis tombé dessus. Mon Dieu ! (Il avala péniblement le reste de son *mai tai*.) Quand on dit qu'on peut avoir les cheveux blancs en une seule nuit !

– Quand ? répéta Dave.

– Oh, ça va faire quoi ? Dix jours ? Il manque vraiment à Spence.

11

– Le Strip ne fait même pas partie de l'adminis-
tration de la ville, tu sais bien, dit le lieutenant Ken
Barker de la LAPD. C'est du ressort du comté. Il
faut que tu voies le shérif.

Il était assis à un bureau métallique vert encom-
bré de dossiers, rapports et photos. Il se trouvait
dans une pièce séparée par une cloison vitrée – à
montants métalliques verts – d'une vaste salle
vitrée – à montants métalliques verts – où des télé-
phones sonnaient, des machines à écrire crépi-
taient et des hommes riaient, toussaient et grom-
melaient. Barker avait le nez cassé. Ses épaules
faisaient craquer les coutures de sa chemise. Le col
était ouvert, la cravate dénouée et les poignets
relevés. Il était en sueur. Il vida un gobelet en carton décoré de spirales orange. La glace pilée racla
le fond. Il le reposa.

– Mince ! ça va encore durer longtemps, cette
chaleur ?

– C'est une coïncidence trop étrange, dit Dave.

– Deux meurtres le même soir ? C'est pas loin de

la routine. En plus, ils n'ont rien à voir : une nuque brisée à Hillcrest et un coup de fusil sur un parking à l'ouest.

— Il y a un lien. Spence Odum loue ses équipements à l'entreprise dont Dawson était un associé.

— Tu crois que c'est le seul, Dave ? Combien il y a de boîtes de ce genre, là-bas ? D'après ce que tu me dis de Spence Odum, ils auraient risqué la faillite s'il avait été leur unique client.

— C'est leur unique client dont le cameraman a été abattu le même soir que Dawson. Et ce n'est pas tout. Dawson couchait avec une pute mineure, Charleen quelque chose, qui a dit à des gens sur le Strip qu'elle allait tourner au cinéma, qui avait sur le mur de sa chambre une affiche d'un film de Spence Odum et qui a disparu le soir où Dawson et Ludwig ont été tués.

— Elles finissent toujours par foutre le camp. Les patrouilles les voient toutes les nuits comme des allumettes dans le noir. Et puis un beau jour, elles disparaissent. Un pauvre type, genre cadre dynamique les emmène faire un tour à Vegas sur le compte de sa boîte et puis il les largue là-bas. Et elles restent dans un casino avec un verre vide dans une main et un dollar dans l'autre en attendant qu'un autre pauvre type leur file vingt billets, un lit et le petit déjeuner – et ainsi de suite.

— Jusqu'au jour où elles tombent sur un dingue qui les découpe en petits morceaux, fourre le tout dans un sac poubelle avec ton nom et ton adresse dessus. J'y ai pensé.

Barker avait les yeux du même gris acier qu'un revolver, la même couleur que ses cheveux. Ils se posèrent quelques secondes sur Dave.

– Tu es incroyable, toi. Tu le sais ?

– Tu en as déjà reçu un.

Barker repoussa son fauteuil qui emboutit le classeur à tiroirs déjà bien cabossé et se leva.

– Une petite blonde maigrichonne. Ça fait une semaine qu'elle est là. Pas de papiers.

Le cadavre ne bombait guère le drap qui le recouvrait. Il n'occupait pas beaucoup de place sur la longue plaque d'acier sur roulettes que l'employé en blouse verte tira silencieusement de son caisson dans le mur. Barker rabattit le drap. Elle n'avait pratiquement pas de seins, la peau verdâtre, hormis les incisions pratiquées par le légiste sur le torse et la calotte crânienne. Les cheveux étaient de la couleur de l'herbe rongée par le soleil sur les dunes – entre jaune et blanc. Sa gorge portait des ecchymoses et des égratignures.

– Étranglée, dit Dave.

– Exact, dit Barker en ouvrant un dossier. Elle a eu aussi une fracture du crâne. Elle a été violée. Et… (Il tira le drap jusqu'au bout.)… elle a eu la polio. Une jambe plus courte que l'autre.

Dave se pencha.

La jambe ressemblait à une branche toute maigre, avec un genou saillant, pitoyable. Il recouvrit le corps.

– Je ne crois pas que ce soit elle. Personne ne m'a signalé qu'elle boitait. L'un de mes témoins a

précisé qu'elle dansait bien. Celle-là devait danser
– j'espère – mais sûrement pas très bien.

Il remercia l'employé.

– Odum t'a dit qu'il avait fait bosser la fille,
Charleen ? demanda Barker dans l'ascenseur.

– Il est juste devenu un peu nerveux. Et pressé.

– Tu lui as parlé de Ludwig ? demanda Barker
alors qu'ils sortaient.

– Je n'étais pas encore au courant.

– Tu ne l'es pas plus maintenant. (Une fois dans
son bureau, Barker vida un énorme cendrier en
verre taillé dans la corbeille.) Il était entré illégalement aux États-Unis. Ludwig n'était même pas
son vrai nom. Il avait peur de s'en servir. Tellement
peur qu'il n'a jamais osé bosser pour des studios
où on risquait de le remarquer, Columbia, Para-
mount.

– Il était très connu en Europe.

– Ah, alors tu es au courant !

– De ça, oui. Il y a autre chose ?

– Le parti communiste hongrois lui courait
après. Il prétendait qu'ils le traquaient dans le
monde entier pour le tuer. (Le téléphone sonna. Il
décrocha, écouta, grommela un « merci » et raccrocha. Il se retourna vers Dave.) Et ils l'ont trouvé. Et
ils l'ont tué, non ?

– Pourquoi « entré illégalement » ? Un artiste
connu n'a aucune peine à demander l'asile politique.

– Ça ferait les gros titres des journaux. Les
méchants le trouveraient.

– À mon avis, c'est plutôt de la paranoïa.

– Du genre qui finit par te faire tuer.

– Peut-être. C'est bien trouvé comme explication, mais ça ne me suffit pas. (Il se leva.) Je dois voir qui au bureau du shérif ? Tu es parfaitement au courant. Donc tu t'es renseigné. Donc tu pensais comme moi qu'il y a un rapport. À qui dois-je m'adresser ?

– Salazar. Mais il te dira la même chose. Demande confirmation à la veuve de Ludwig si tu veux. Salazar te donnera son adresse.

– Comment je fais pour obtenir l'extérieur ? demanda Dave en décrochant le téléphone de Barker.

Le vieil immeuble était en briques ocre dans une rue perpendiculaire à Melrose, à Hollywood. Les fenêtres étaient petites. Des colonnes égyptiennes craquelées flanquaient la porte ouvrant sur un couloir sombre qui traversait tout le bâtiment. D'un côté montaient des escaliers. On s'apprêtait à les isoler dans une cage munie d'une porte. Nouvelle réglementation contre les incendies. La charpente était déjà prête. Le parfum du sapin fraîchement scié était agréable et couvrait presque la triste et aigre odeur de trop nombreuses décennies qui suintaient des murs et du sol, malgré le papier peint et la moquette désespérément récents.

L'appartement numéro 6 était le dernier au rez-de-chaussée. Il appuya sur la sonnette et jeta un coup d'œil par la fenêtre. Un couple de chats étaient pelotonnés au soleil sur le couvercle d'une énorme poubelle près d'une clôture, au pied de laquelle poussaient péniblement des marguerites dans une bande de terre desséchée. Il aperçut le coin d'un garage. La serrure cliqueta. Le vernis de la porte, qui recouvrait cinquante ans de couches successives, était presque noir. Elle s'entrouvrit de dix centimètres. Le visage qui le scruta était d'un blanc de craie, presque squelettique, avec des taches de rouge éclatant. Un trait de crayon soulignait les grands yeux noirs, qui étaient plus ennuyés qu'effrayés.

– Qu'est-ce que vous voulez ? (Elle avait un accent prononcé et une voix hoquetante.) Qui êtes-vous ?

– Je m'appelle Brandstetter. (Il lui montra sa licence.) Je suis enquêteur pour une compagnie d'assurances.

– Mon mari n'en avait pas. (Elle voulut fermer la porte, mais il la bloqua du pied.) S'il vous plaît. Je n'ai pas le temps.

– Un autre homme a été assassiné le même soir que votre mari. C'est de sa mort que je veux vous parler. Je pense que les deux sont liées. Une innocente risque d'en pâtir si je ne peux pas éclaircir cette affaire.

Son rire rauque se termina en une quinte de toux.

– Une innocente *risque* d'en pâtir ? Ce serait nouveau, dans le monde où on vit. (Son regard se chargea de colère et sa voix de mépris.) Les innocents, ce sont toujours eux qui souffrent. Quel genre d'homme vous êtes, pour pas savoir ça ?

– Je vous l'ai dit. Le genre qui veut l'empêcher. Si je peux. Vous voulez bien m'aider ou pas ?

Elle referma la porte. Bruit de chaîne. Elle rouvrit. Le reste de sa personne était aussi décharné que le visage. Elle serrait un paquet de vêtements contre sa poitrine, plate sous la chemise décolorée, et portait un torchon vert en turban. D'après ce qu'il en voyait, elle n'avait plus guère de cheveux. Ils poussaient très haut sur le front. Elle portait un jean qui pendouillait sur ses hanches squelettiques. Ce n'est pas qu'il était trop grand : c'est elle qui avait rétréci dedans. Il songea qu'elle était très malade et avait dû être très belle. Elle alla poser son tas de vêtements dans une grosse valise en cuir fatiguée ouverte sur un canapé aux montants de bois éraillés et aux coussins à carreaux élimés. Une autre plus petite était posée sur une chaise. Dans un coin attendait une grosse malle en métal rouge vif toute neuve.

– Qui était cet autre heureux homme ? demanda-t-elle.

– Gerald Dawson. Il louait du matériel de cinéma. La caméra dont se servait votre mari. Pour Spence Odum.

– Je ne le connais pas.

Elle alluma une cigarette, le genre qui ne se fait plus : courte, épaisse, sans filtre. La première bouffée la fit tousser. Elle se plia en deux avec un bruit de toile qu'on déchire. La cigarette collée au coin de sa bouche peinturlurée, elle s'appuya à un dossier de chaise en attendant que cesse cette toux qui la secouait.

– Mon mari n'a jamais prononcé ce nom, chuchota-t-elle. Il était hongrois ? Le nom ne fait pas hongrois. Dawson ?

– C'était un Américain qui fréquentait beaucoup l'église.

Son triste sourire découvrit des dents d'une blancheur et d'une régularité surprenantes. Il lui aurait donné 50 ans. Aux dents, 30.

– Ils ne pouvaient pas être amis, dit-elle. Herman était un artiste, un intellectuel. Il considérait la religion comme une superstition. (La cigarette tressautait à chaque mot. Un filet de fumée montait dans son œil. Elle le ferma.) Il se méfiait des systèmes de pensée. Pour lui, ils encombrent l'esprit et abêtissent les gens. (Elle passa dans une autre pièce et en revint avec une autre brassée de vêtements.) Il disait que la religion provoque la haine et fait couler le sang. C'était un homme intelligent et talentueux. Ne croyez pas qu'il n'a fait que tourner des films pornographiques pour une vermine comme ce Spence Odum.

– Ce n'est pas ce que je crois. Pourquoi il en a tourné ici, alors ?

Elle s'agenouilla pour ranger les vêtements dans la malle.

– Il s'était fait des ennemis en Hongrie. (Elle leva le nez vers lui.) Il ne voulait pas taire les horreurs du régime. Quand ils ont jugé et emprisonné un de ses amis écrivains, il s'est exprimé publiquement. S'il ne s'était pas enfui, ils l'auraient tué.

– Mais il n'a jamais fait la moindre déclaration à l'Ouest. Il ne s'est pas présenté comme dissident et il n'a pas dénoncé le sort de cet écrivain.

– Pour moi. Et pour sa famille restée en Hongrie.

– Il était loin et ne pouvait pas leur nuire. Pourquoi seraient-ils venus ici le tuer ?

Elle haussa les épaules et se releva. Si malade qu'elle parût, elle avait des gestes de jeune fille formée pour la grâce. Peut-être avait-elle été actrice.

– Il ne voulait pas me dire de quoi il avait peur. Il voulait que je ne sache rien au cas où on m'aurait prise et torturée.

– Vous n'avez jamais pensé qu'il se faisait des idées, peut-être ?

– Il ne s'est pas fait d'idées concernant sa mort. Elle est assez réelle, non ?

– Oui, mais l'assassin court toujours. Peut-être que ce n'était pas un envoyé de Hongrie. Peut-être que ça a plutôt un rapport avec le meurtre de Gerald Dawson.

– Non. Ils le suivaient. Partout. Il les a vus au Portugal, et puis aussi au Brésil, et encore au Canada, toujours les mêmes.

– Lui les a vus. Mais vous ?

– Non, pas moi, mais ça ne veut rien dire. (Elle le fixa durement.) Il n'était pas fou. Comment pouvez-vous penser ça avec ce qui lui est arrivé ?

– Et ici ? Il vous a dit qu'il les avait vus ici ?

– Non. Il pensait leur avoir enfin échappé.

Elle écrasa rageusement la cigarette dans un cendrier posé sur une table à placage teck bon marché. À côté se dressait une lampe dont les années et le tabac avaient jauni l'abat-jour blanc. Tout comme la photo dans son cadre à trois sous. Elle la prit et la contempla.

– Et puis un jour, sur un parking en pleine nuit, à onze mille kilomètres de Budapest, ils l'ont tué !

Elle essuya le cadre d'un revers de manche et le posa sur les vêtements dans la malle et resta à le regarder, immobile.

– Et maintenant, je peux rentrer. (Elle lui refit le même sourire triste.) Je ne lui ai jamais dit, évidemment… Mais je mourais d'envie de retourner chez moi. (Un rire sans joie lui racla la gorge.) Et maintenant, je rentre mourir. C'est drôle, non ?

Dave ne répondit pas. Il s'était approché de la malle et regardait la photo. Elle était en noir et blanc. Devant une rivière et un pont, un homme et une femme côte à côte. La femme était ravissante. La brise faisait voleter les rubans de son chapeau qu'elle retenait d'une main en souriant à l'objectif. Elle avait un bras passé autour de la taille d'un grand type souriant, rondouillard, mou. La tête couronnée de cheveux hérissés et crépus.

12

Le soleil enflait en touchant l'océan. Il était gon-
flé et d'un rouge sombre. Au bout de la longue
jetée peinte en blanc, Dave le regarda disparaître.
Des bateaux, à voile, à moteur, passèrent pour
rejoindre leur mouillage. Des bruits lui parve-
naient – voix aiguës d'enfants, un rire d'homme,
un air massacré à la guitare. Un vol de pélicans
lourdauds s'abattit gauchement sur l'eau rouge
dans une gerbe d'éclaboussures. Les ailes des
mouettes qui tournoyaient ressemblaient à de la
porcelaine translucide dans la lumière rose. Non
loin, des glaçons tintèrent dans une carafe de
Martini-gin. L'odeur âcre de la fumée de charbon
de bois flotta jusqu'à lui. Il avait soif. Il avait faim.
Il était fatigué. Mais quand il était passé plus tôt
avec Randy Van, la 260Z décorée de flammes
n'était pas encore garée dans le parking clôturé et
surveillé dépendant de cette jetée. Et à présent, elle
était là. C'était donc maintenant qu'il fallait agir.

Il monta d'un pas mal assuré à bord d'un res-
plendissant yacht blanc en fibre de verre. Ce

n'était pas le plus gros de tous ni le plus tape-à-l'œil, mais il l'était déjà pas mal, avec ses quelque quinze mètres. Le pont arrière était en planches de teck verni. La bastingage en laiton brillait. Il ouvrit une écoutille et une échelle de descente en teck le conduisit dans une cabine en teck avec lanternes de cuivre, canapés de cuir capitonné et épaisse moquette. La musique douce qui passait sur la chaîne, la voiture, la cabine pas fermée, tout indiquait qu'il devait être là. Mais il pouvait aussi être parti au restaurant. Cela aurait été une bonne chose. Dave ouvrit la porte au fond de la cabine. La pièce suivante contenait des lits – pas des couchettes, *des lits*. Il entendit une douche gicler.

Au-dessus se trouvaient des placards. Il monta sur l'un des lits et regarda dedans. Draps, couvertures, un gilet de sauvetage, pas de carton. Il monta sur l'autre et ne trouva pas plus de carton. Il s'agenouilla et ouvrit les tiroirs sous les lits. Vêtements. Matériel de marine. Il se releva et se cogna sur l'une des portes de placard qui s'était rouverte. Une voix d'homme cria de l'autre pièce pour couvrir le bruit de l'eau :

– Sers-toi un verre, mon chou ! Et fais-moi un gin-tonic, tu veux ? J'en ai pour une minute.

Dave repassa dans la première cabine et fouilla les tiroirs sous les canapés en cuir. Appareils photo. Matériel de plongée. Pas de carton. Il referma les tiroirs, regarda autour de lui et passa derrière le petit bar. Le carton était par terre. Il s'en empara, le posa sur le bar et chaussa ses lunettes.

Les rabats étaient entrecroisés pour qu'il reste fermé. Il les souleva. Il était censé contenir de la pellicule vierge. Il n'y en avait pas. Il renfermait un livre de comptes. Il le sortit et l'ouvrit. Les rubriques remontaient à plus de cinq ans. L'écriture était la même, mais le stylo était différent. C'était succinct : simplement des colonnes de sommes payées, par qui, jamais pour quoi. Les noms des clients ne lui dirent pas grand-chose, sauf celui de Spence Odum. La lumière qui passait par les hublots sertis de laiton n'était pas suffisante. La musique susurrait toujours. Des vaguelettes clapotaient sur la coque. Le bateau se balançait doucement. Il posa le registre sur le bar.

Le carton contenait également des chemises. Par ordre alphabétique de clients, les mêmes que dans le livre de comptes. Ils renfermaient des doubles de factures. Pas tapées, mais rédigées à la main, de la même écriture que dans le registre. Sans l'entête de Superstar. Il n'y avait d'ailleurs rien, pas même une adresse. Elles étaient signées *Jack Fullbright* et donnaient la liste de matériel photographique, éclairages et équipement sonore, chacun avec un numéro de série. Le total figurait en bas de la colonne de droite. Toutes celles qu'il trouva étaient notées *payé*. Il en prit plusieurs dans différentes chemises, les plia et les fourra dans sa poche.

– Qui vous êtes, vous ?

Il se retourna en enlevant ses lunettes.

Une fille toute frêle en Bikini se penchait à mi-chemin de l'échelle, une main menue sur la rampe de laiton. Dans le faible contre-jour du crépuscule, elle paraissait blonde. Son abondante crinière laissait son visage dans l'ombre. Elle ôta ses grosses lunettes de soleil rondes et descendit les dernières marches. En fronçant les sourcils.

– Qu'est-ce que vous faites ? C'est quoi, ça ? Où est Jack ?

– Dans la douche. Vous êtes Charleen Sims ?

Elle ne répondit pas. Elle courut dans la cabine du fond.

– Jack ! Il y a un type, là, il fouille dans tes affaires.

– Quoi ?

Une porte s'ouvrit bruyamment. Fullbright apparut. Il était nu et trempé. À la hauteur des hanches, une bande blanche barrait son corps bronzé. Il resta immobile une seconde, les mains sur le chambranle, fixant Dave, puis le carton. Derrière lui, la fille semblait effrayée. Puis il fonça. D'un grand geste, il envoya valser carton, registre et chemises. Il tendit les bras par-dessus le bar pour empoigner Dave, qui s'écarta. Dans son élan, Fullbright renversa les bouteilles qui se fracassèrent sur la moquette. Une odeur de gin et de whisky s'éleva. Dave rangea ses lunettes dans sa poche.

– Calmez-vous !

Sans répondre, Fullbright se précipita de nouveau sur lui. Dave esquiva et lui fit un croche-pied. Fullbright trébucha et fut emporté dans son élan jusqu'à l'échelle. Il se cogna bruyamment sur les marches. Pendant quelques secondes, il resta immobile, face contre terre.

– Jack ! (La fille courut s'agenouiller auprès de lui et posa sur ses épaules ses petites mains fragiles.) Jack ? Ça va ?

Fullbright gémit. Il se redressa lentement et se retourna pour s'adosser aux marches, sonné. Il jeta à Dave un regard féroce. Du sang lui coulait du nez jusque dans la moustache, sur le menton et les poils de la poitrine. Il porta la main à son nez.

– Oh, mon Dieu ! fit la fille.

– Allez lui chercher une serviette, dit Dave.

– Il perd tout son sang ! cria-t-elle.

Dave empoigna son bras maigre et la releva. Elle était légère comme une plume. Il la retourna en direction de la chambre.

– Une serviette mouillée d'eau froide, répéta-t-il en lui donnant une claque sur les fesses.

Elle obéit en geignant. Une brise fraîche et salée qui annonçait la nuit descendit par l'écoutille.

– C'était idiot, dit Dave à Fullbright. J'avais déjà fouillé le carton.

– Pourquoi ? répondit l'autre d'une voix étouffée par la main toujours sur le nez.

– J'ai trouvé étrange que vous vous débarrassiez si vite de ce carton juste après ma visite. J'ai pensé que c'était à cause de moi. Et naturellement, j'étais curieux d'en connaître le contenu. Vous faites vos petites affaires de votre côté aussi, non ?

Fullbright ôta sa main pour répondre et du sang lui coula sur la poitrine.

– Ribbons, bon Dieu ! brailla-t-il.

Des gouttelettes de sang jaillirent dans la lumière déjà sanglante.

– Ça vient ! répondit une voix paniquée.

– Uniquement avec des réalisateurs de pornos et de *skinflicks*, dit Dave.

Fullbright ferma les yeux et acquiesça. Il s'appuya contre la paroi. Il haletait comme s'il venait de faire un mille mètres et il était livide. Les pansements arrivèrent, avec une serviette de bain grande comme une couverture. Elle avait du mal à la porter et la serrait contre sa poitrine. De l'eau dégoulinait sur ses jolies jambes. Elle s'assit sur les marches et entreprit de lui essuyer le sang. Il lui arracha rageusement un coin de la serviette et s'en tamponna le visage en gémissant. Il rouvrit les yeux et jeta un regard noir à Dave.

– Vous avez failli me tuer, bredouilla-t-il, la voix étouffée par la serviette.

– Vous avez trébuché. Ce n'est jamais prudent de courir sur un bateau. (Dave alluma une cigarette en regardant Ribbons, larmoyante, multiplier les gestes inutiles.) Je comprends que vous ayez voulu dissimuler à votre associé votre petit business. C'était un fanatique religieux. Ça ne lui aurait pas plu. Et c'était aussi un homme d'affaires qui n'aurait pas apprécié que vous gardiez tous les bénéfices pour vous seul.

Fullbright commença à frissonner. Dave alla chercher sur un lit une couverture qu'il tendit à Ribbons.

– Il a froid. Couvrez-le.

– Pourquoi vous partez pas ? demanda-t-elle. (Elle prit malgré tout la couverture et en enveloppa maladroitement Fullbright.) Vous en avez pas fait assez ?

– Je n'en ai pas encore appris assez, répondit Dave de derrière le bar, en faisant attention aux débris de verre.

Il trouva une bouteille de Courvoisier que l'accès de fureur de Fullbright avait épargnée. Des verres étaient suspendus à un rail au-dessus du comptoir. Il en prit un et le remplit à moitié. Puis il revint à Fullbright, s'accroupit devant lui, écarta doucement la main qui serrait la serviette contre son visage et fit couler le cognac dans sa bouche. Fullbright avait refermé les yeux. Il toussa et cracha. Rouvrit les yeux. Il repoussa le verre d'une main sans force.

– Buvez, dit Dave. Vous vous sentirez mieux. Je vous le garantis.

– Il est en train de mourir, geignit Ribbons.

– On ne meurt pas d'une fracture du nez.

Fullbright avait pris le verre et buvait tout seul.

– Ce que je ne comprends pas, c'est pourquoi vous vous acharniez à me le cacher.

– Les impôts. Je n'en ai jamais payé là-dessus.

– Et vous craigniez que je coure prévenir les fédéraux ?

– Pourquoi pas ? Je ne vous connais pas. Je ne savais pas sur quoi vous enquêtiez. Oui, j'ai eu peur. Je croyais qu'ils avaient classé le meurtre de

Jerry. Et voilà que vous vous pointez et que la donne change. J'avais l'intention de les emporter au large et de les balancer, avoua-t-il avec un regard amer vers ses archives saccagées.

– Dawson n'est donc pas lié à Spence Odum, conclut Dave.

– Dawson est lié aux Productions de la Sainte Croix. *Était*. À l'Armée du Salut, aux Missions méthodistes d'outre-mer, au Synode baptiste et à la Section Femmes des moissons du Seigneur.

Sur la table basse devant les canapés capitonnés était posé un cendrier en forme de barre de gouvernail, avec une coupe en verre ambré au milieu. Dave y déposa sa cendre et regarda la fille qui pleurait.

– Tu ne t'appelles pas Ribbons. C'est quoi, ton vrai nom… Charleen ?

– Je suis pas obligée de vous le dire. (Elle se tourna vers Fullbright.) Je suis obligée ?

– Seulement si tu t'appelles Charleen, répondit Dave. Et si tu veux vraiment me rendre service, tu me diras d'où tu viens.

– De Santa Monica. (Elle releva fièrement sa crinière blonde.) À trois kilomètres d'ici. J'y ai vécu toute ma vie. Et je m'appelle pas Charleen, ajouta-t-elle avec une grimace. Beurk. Et pas Ribbons non plus. Mon nom, c'est – tenez-vous bien – Scarlet Ribbons. D'après un vieux disque d'Harry Belafonte que ma mère a eu quand elle avait 10 ans. Elle s'est dit que quand elle serait grande, elle aurait une petite fille et elle l'appellerait comme ça.

Et puis elle s'est mariée à un type du nom de Schultz. Elle, c'était Hathaway. Là encore, ça aurait été. Mais Scarlet Ribbons Schultz ? C'est un peu trop, non ?

– Un peu, oui, sourit Dave. Vous vous sentez mieux ? demanda-t-il à Fullbright.

Celui-ci flanqua la serviette sur les genoux de Ribbons et se releva en serrant d'une main la couverture autour de sa taille et de l'autre le verre vide.

– Ça allait très bien jusqu'à votre arrivée. Je voudrais quand même bien savoir ce que vous me voulez, merde !

– Dawson couchait avec une gamine du genre de celle-ci. Dans un appartement en haut d'un immeuble de Sunset Strip. Elle n'y est plus et je cherche quelqu'un qui saura me dire où elle est.

– Jerry ? Coucher avec une ado ? (Fullbright éclata de rire.) Vous êtes tombé sur la tête !

– Je ne crois pas qu'il ait été assassiné devant chez lui. Je crois qu'on l'a tué dans l'appartement, puis qu'on a déposé le corps dans la rue pour que sa femme tombe dessus le lendemain. Sa femme et son fils.

– Et vous pensiez que Charleen – c'est bien elle la fille, hein ? Vous pensiez qu'elle serait ici avec moi ?

Fullbright s'empara de la bouteille et remplit son verre. Il fut obligé de lâcher la couverture, mais il s'en moquait : il prit le temps de boire avant de la ramasser.

– Elle n'est pas ici. Elle n'y est jamais venue. Je n'ai jamais entendu parler d'elle. Si Jerry couchait vraiment avec elle, vous pensez bien qu'il n'en aurait parlé à personne, et surtout pas à moi. Il fallait qu'il préserve sa supériorité morale, dit-il avec un sourire narquois. (Il porta prudemment la main à son visage. Le sang ne coulait plus, mais le nez enflait, jusqu'au contour des yeux, qui virait au rouge sombre.) C'est une idée de dingue. Complètement dingue !

– On l'a emmenée quelque part. À moins qu'elle ait été tuée la même nuit que Dawson et que Ludwig.

– Ludwig ? répéta Fullbright en fronçant les sourcils. Herman Ludwig, le cameraman ?

– D'un coup de fusil. Vous ne saviez pas ?

Fullbright secoua la tête, l'air abasourdi.

– Alors ils l'ont eu ? Les Rouges ?

– C'est ce que pense sa femme.

– Bon Dieu ! murmura Fullbright en reprenant du cognac.

Ribbons rapporta la serviette mouillée et ensanglantée dans la salle de bains.

– Et Spence Odum ? demanda Dave. Il n'a jamais fait allusion à cette petite Charleen ?

– Je ne lui ai pas parlé depuis… Mince, ça fait un bail ! Je ne le vois que quand je veux qu'il paie. Ça se limite à ça.

– Soignez-vous bien ! lança Dave en remontant l'échelle dans le crépuscule.

13

Les phares de la Triumph éclairaient un tas de broussailles coupées qui cachaient presque la boîte à lettres. Elle descendit en cahotant dans la cour. Les branches sciées exhibaient des moignons blancs et sous les arbres nus, dans les tas de sciure, s'empilaient des sacs de ciment, de poutres et de planches. Les phares se reflétèrent dans les portes-fenêtres et il regretta la disparition des feuillages.

Alors qu'il manœuvrait, les phares firent apparaître une moto jaune. Un jeune type assis par terre s'y adossait. Ébloui, il se releva. Il lui fallut une éternité pour déplier sa carcasse. Il devait faire 2,10 mètres. Mince, tout en jambes et en bras interminables, il s'avança vers la voiture. Levi's blanc impeccable, t-shirt blanc impeccable, cheveux blonds courts impeccables. Dave coupa le contact. Grillons. Le jeune homme se pencha à la portière. Il avait l'air soucieux.

— Mr Brandstetter ? Je peux vous parler ?

— Sauf si c'est pour me vendre quelque chose.

— Quoi ? (Il avait l'air au bord des larmes.) Oh,

non! Non, c'est important. C'est au sujet de… de l'affaire sur laquelle vous enquêtez. Le père de Bucky Dawson. Celui qui a été assassiné, vous savez?

– Comment tu t'appelles?

Il ouvrit la portière, le jeune type recula et Dave descendit.

– Engstrom. Dwight. (Dans l'obscurité, sa voix semblait trop jeune pour sa taille.) Je vous ai vu hier, quand vous êtes venu voir Bucky, et je vous ai entendu parler à sa mère. J'habite en face.

– Dans la maison aux loquets qui claquent. Viens. (Il se dirigea vers la cuisine. Sous le chêne, il vit ce qui semblait être un tas de briques.) Comment tu m'as trouvé?

– J'étais inquiet. J'ai parlé à Bucky. Il m'a dit que c'était en rapport avec l'assurance et que si vous me posiez des questions, je devais vous répéter ce que j'ai raconté à la police.

Cette fois, Dave trouva l'interrupteur du premier coup.

– Tu fais partie de l'équipe de basket de l'église de Bethel, c'est ça? (Il ouvrit le réfrigérateur et en scruta la pénombre.) Tout ce que j'ai de sans alcool, c'est du lait. (Il plongea son regard dans les yeux bleus et effrayés du jeune homme.) Du lait, ça t'ira?

– Merci. C'est très gentil. (Engstrom regarda autour de lui. La cuisine lui paraissait manifestement bien étrange. Il eut l'air mal à l'aise, mais pas au point de prendre ses jambes à son cou.) Oui, je suis dans l'équipe. Je ne suis pas très sportif, mais je suis grand.

– J'ai remarqué.

Dave déballa un verre, le rinça et le remplit de lait. Engstrom en but une gorgée qui lui laissa une petite moustache blanche de gamin.

– Comme Bucky m'a dit que c'était les Assurances Sequoia, je les ai appelés et ils m'ont donné cette adresse. Le téléphone, aussi, mais personne ne répondait.

Les glaçons s'étaient collés les uns aux autres dans leur sachet. Dave le sortit et le cogna sur le plan de travail. Il jeta les quelques morceaux qui se libérèrent dans un verre et rangea le reste.

– Et qu'as-tu raconté à la police ? (Il se servit une dose de gin et ajouta un peu de vermouth.) Que Bucky était avec vous dans le sous-sol de l'église jusqu'à 11 heures et demie, minuit, le soir où son père a été tué ?

Il sortit des olives du réfrigérateur, en jeta deux dans le verre, referma le bocal et le rangea. Puis, tout en remuant de l'index les glaçons, il se retourna vers le grand type, sourcils haussés.

– Bucky a dit que c'était le mieux à faire. Que ça ne ferait de tort à personne. La police avait pris l'assassin. Sinon, ça aurait compliqué les choses et causé des tas d'ennuis inutiles à sa mère.

– Mais ce n'était pas vrai ?

Dave goûta son cocktail. Tiède.

– Le révérend Shumate est descendu le prévenir vers 21 heures qu'on le demandait au téléphone. Il y est allé et il n'est pas revenu. Ça m'a... J'étais embêté d'avoir menti. Ça me tracassait. Et puis quand vous êtes venu poser des questions et que Bucky a eu peur et m'a demandé de vous répéter exactement la même chose, j'ai pensé qu'il valait mieux vous dire la vérité.

– Pourquoi pas à la police ? demanda Dave en allumant une cigarette. Si tu voulais soulager ta conscience : c'est à elle que tu as menti.

Le visage juvénile de Dwight Engstrom s'empourpra.

– Je suis obligé ? Ça m'embête, ils vont comprendre que j'ai menti.

– Ils finissent presque toujours par le savoir.

– Je ne recommencerai plus, lança gravement Engstrom. Plus jamais. Je ne l'aurais fait pour personne d'autre. Mais Bucky – vous ne le connaissez pas très bien, mais il ne ferait jamais de mal.

– Personne au monde n'est comme ça.

– Il voulait juste protéger sa mère. Ils ont déjà assez souffert, non ?

– Qu'est-ce que ça signifie, « assez » ? Qu'a fait Bucky durant ces trois heures ?

– Je ne sais pas. Je lui ai demandé, mais il dit que ça n'a pas d'importance.

– Ça en a. (Dave sortit du Jack Cheese du réfrigérateur et en coupa quelques dés. Il tendit la planche à découper toute neuve au garçon.) Prends-en. Tu es rentré à minuit ?

Engstrom fourra de sa grosse main les petits morceaux de fromage dans sa bouche.

– Tu as vu Gerald Dawson Senior gisant mort devant son garage ?

Engstrom avala.

– Non, je suis rentré par-derrière.

Dave prit un peu de fromage. Il était au piment *jalapeño*. Fort. Il lui fit signe d'en prendre encore. Engstrom secoua la tête. Dave reposa la planche et goûta de nouveau son cocktail. Il avait franchement refroidi.

– Mais c'est Shumate qui est venu chercher Bucky ?

– Il est revenu dix minutes après. Le révérend Shumate, je veux dire. C'est pour ça que l'entraînement a duré si tard. (Engstrom eut un sourire forcé.) Il est dingue de basket. Il s'arrête jamais. (Il vida son verre et le posa sur le plan de travail, l'air angoissé.) Tout est arrangé, maintenant, d'accord ? Vous n'allez pas dire à la police que j'ai menti, hein ?

– Non, rien n'est arrangé, tu le sais bien. Mais merci d'être venu et de me l'avoir dit. C'est utile. Pas pour Bucky Dawson et sa mère. Pour moi. (La main sur le long dos osseux d'Engstrom, il le raccompagna à la porte.) Peut-être que je n'aurais pas à en parler à la police. Mais si je dois le faire, tu n'en souffriras pas trop, va.

– Oh, si ! fit Engstrom d'une voix désespérée, comme prêt à pleurer. (Il fit trois pas dans l'obscurité, puis il se retourna.) Pourquoi je n'en souffrirais pas trop ?

– Tu ne seras pas le premier.

Ses jambes lui faisaient mal à force d'être resté assis au ras du sol chez *Noguchi*. Et il était un petit peu saoul avec tout ce saké chaud. Mais le décor de laque noire était joli et la cuisine lui avait plu. Il avait évité le vinaigre et le poisson cru. Mel Fleischer avait été assez plaisant et son jeune ami Makoto agréable à regarder. Il n'était pas venu en kimono, mais en Levi's déchiré et en marcel frappé du casque troyen de l'USC. À la lumière des bougies, il semblait ciselé dans quelque bois brun, lisse et poli. Il avait un accent épouvantable, mais son sourire le rachetait. Dave espéra qu'il comprenait aussi peu l'anglais qu'il le parlait, car Mel avait surtout discuté de garçons avec qui il avait couché avant Makoto. Les anecdotes étaient spirituelles, même quand on les connaissait déjà, ce qui était le cas de Dave. Mais pas du genre à inspirer la fidélité.

Il sonna à l'appartement trente-six, mais personne n'ouvrit et il crocheta de nouveau la serrure avec sa lame. Il poussa la porte vitrée sans un bruit et n'alluma pas. Il tira les rideaux et inspecta les lieux à la lumière de sa petite torche. Personne n'était venu. Tout était resté tel quel. Il vérifia une fois de plus le placard et fouilla dans le tas de petites chaussures en se demandant pourquoi les semelles étaient crottées à ce point. On ne ramasse pas tout cela quand on arpente les trottoirs et qu'on fait le pied de grue sur le Strip. Ce n'était pas du sable de la plage. C'était de la terre. Elle s'effrita entre ses doigts comme celle qu'on trouve dans les champs.

Il retourna dans la pièce principale et ouvrit les rideaux. Dehors, Los Angeles descendait en scintillant vers la mer. Il entendit de nouveau le bruit de ressac de la circulation sur le Strip. Et de l'autre côté du mur lui parvint de la musique. Pas seulement les pulsations des cuivres. Il pouvait presque en discerner l'air. Il passa derrière les silhouettes sombres des canapés en velours et colla l'oreille à la paroi. C'était l'un des derniers albums de Billie Holliday, celui où l'orchestre était trop en avant. À l'époque, elle n'avait presque plus de voix. *Je tendrai la main pour te donner mon cœur…*

Il alla sonner à côté. De la vitre s'échappait de la musique, claire et triste. Une voix cria quelque chose. Il songea qu'on devait l'inviter à entrer et poussa la porte. L'appartement était identique au trente-six, sauf qu'il abritait un énorme projecteur vidéo et des étagères modulables surchargées d'appareils : amplificateur, tuner, magnétophone à bandes et à cassettes, platine disques, égaliseur, le tout noir et flambant neuf. De grosses enceintes noires étaient suspendues aux coins du plafond couleur melon.

Un jeune type pointa une tête hirsute au-dessus du canapé. Le visage était familier. Il l'avait vu dans des publicités à la télé : produits bancaires, savons déodorants, nourriture pour chiens. Il y arborait toujours un large et séduisant sourire. Ce qui n'était pas le cas en cet instant. Il fronça les sourcils et se releva précipitamment. Il portait un peignoir de bain à fines rayures arc-en-ciel et tenait un gros bouquin de poche. Il fronça les sourcils et marmonna quelque chose que la musique empêcha Dave d'entendre. Dave le regarda d'un air interrogateur. Le jeune homme s'approcha des étagères. Billie Holliday chantait *Tu m'as apporté des violettes pour mes fourrures...* Puis elle cessa de chanter.

– C'est ça que vous vouliez ? Trop de bruit ?

– Ce n'est pas le bruit, dit Dave, et je ne suis pas venu me plaindre. Je suis venu vous parler de votre voisine. (Il s'approcha en tendant son portefeuille ouvert.) C'est pour une assurance. Un décès.

– Elle est morte ? C'est ça qui lui est arrivé ?

– Qu'est-ce qui vous fait croire qu'il lui soit arrivé quelque chose ?

Il tenait toujours le livre. Il le posa sur la table basse sur une pile d'autres et prit un paquet de cigarettes et un briquet. Il lui en proposa une, lui donna du feu et haussa les épaules.

– Elle n'est pas là depuis un moment. Et je savais toujours quand elle était chez elle, vous pouvez me croire.

– Les murs sont minces, dit Dave.

– Je ne suis pas discret non plus et j'aime bien la vue. (Il prit une tasse vide sur la table.) Elle ne s'est jamais plainte de la musique. Ni moi de ses clients. Du café ? Autre chose à boire ?

– Du café, ce sera très bien, si ça ne vous ennuie pas.

– Asseyez-vous.

Il passa dans la cuisine derrière un comptoir semblable à celui de l'appartement de Charleen. Dave s'assit et l'entendit verser du café.

– Je m'appelle Cowan, Russ Cowan. (Il revint et posa les deux tasses fumantes sur la table.) Ce doit être un travail intéressant, poursuivit-il sans s'asseoir.

– Le vôtre aussi, sûrement.

– Sauf que je ne sais jamais combien de temps ça va durer, grimaça Cowan.

– Pour moi, ça ne s'arrêtera pas, je le sais. Elle ramenait les types qu'elle levait ici ?

– Qui aurait cru que Sylvia ne dirait rien ? (Cowan versa du cognac dans de petits verres ballons et revint.) Seulement Sylvia s'intéresse surtout à ses cartes. Et elle remarque pas grand-chose quand ça ne se passe pas autour d'une table de jeu.

Il tendit l'un des verres à Dave et s'assit.

– Merci. (Dave passa le verre sous son nez. C'était du Martel.) Délicieux. Quand l'avez-vous vue pour la dernière fois ?

Cowan plissa les paupières et leva les yeux au plafond.

– Il y a une semaine ? dit-il pensivement. Non, plus longtemps. (Il claqua des doigts et sourit.) Je sais ! (Il lui donna la date.) Ça fait onze jours, n'est-ce pas ? Si je m'en souviens, c'est que mon agent m'a appelé. Il a fallu que je l'invite à déjeuner au *Scandia*. Il m'avait décroché un grand rôle dans *Quincy*.

– Un grand jour pour vous. (Dave posa le cognac et goûta le café. Il était corsé et parfumé.) Et un mauvais pour Gerald Dawson. Quelqu'un lui a brisé la nuque.

– Et c'est là-dessus que vous enquêtez ?

– C'est lui qui payait le loyer de la fille. Sylvia aurait peut-être été choquée qu'elle amène des clients, mais lui, imaginez. Vous l'avez déjà croisé ?

– Un petit type brun, nerveux, la quarantaine ? Je ne lui ai jamais parlé, mais il venait tellement souvent que j'ai pensé qu'il l'entretenait. Qui l'a tué ? Pourquoi ?

– J'espérais que vous pourriez me le dire. (Dave reprit une gorgée de café et enchaîna avec un peu de cognac.) C'est vraiment très bon. Est-ce qu'elle a fait autant de bruit que d'habitude, ce soir-là ? Ou bien… (Il lorgna la chaîne.)… vous écoutiez de la musique ?

– Je dormais. Le déjeuner avait duré longtemps. Tout l'après-midi. J'étais complètement bourré. J'avais rendez-vous dans la soirée, expliqua-t-il en dodelinant de la tête avec un sourire désabusé. Je voulais me dégriser et me reposer. Raté. Ma chambre est juste à côté de la sienne. Un vrai bordel ! Lui qui hurlait, elle qui hurlait, et une vieille bonne femme qui en faisait autant.

– Vers quelle heure ?

– Vous pensez bien que j'ai regardé le réveil. Je lui en voulais. Vous savez dans quel état on est quand on se réveille trop vite alors qu'on était saoul ? Il était tôt. Quoi ? 20 heures, 20 h 10 ? (Il écrasa en ricanant sa cigarette dans un cendrier en céramique marron.) Je suis resté allongé en espérant que ça finirait vite. Eh bien non! Alors je me suis levé et je me suis traîné jusqu'à la douche. Quand j'en suis ressorti, je crois que j'ai entendu le mot de la fin.

– Vous avez pu distinguer ce qui se disait?

Cowan pencha la tête, cligna pensivement les paupières, les yeux brillants.

– Oui, maintenant que vous en parlez, j'ai entendu. Vous savez, ce qu'on dit aux mariages : « Pour le meilleur et pour le pire. » Sauf que l'ambiance n'était pas au mariage. Elle gueulait, elle était hors d'elle, ça se sentait, furieuse, désespérée, tout ça, quoi, conclut-il en agitant les mains.

– La fille? Charleen?

– Non, non. La vieille. Et puis il y a eu comme un bruit de chute. C'est un immeuble vraiment mal foutu. J'ai senti la vibration sous mes pieds. J'ai pensé qu'il fallait aller voir. Mais je ne suis pas allé plus loin que la porte. Au même moment, la vieille sortait. Une grande bonne femme, costaud.

– Qui s'appuyait sur une canne et traînait la jambe.

– Exactement. Et puis tout s'est calmé. J'étais dégrisé, mais je ne me sentais pas très bien. Je suis retourné me coucher. J'ai dû dormir une heure et ça a recommencé. Sauf que cette fois, c'étaient deux hommes. Et moins bruyant. À part Charleen qui piaillait : « Fous le camp d'ici et laisse-nous tranquilles. » Je n'ai pas entendu ce que disaient les hommes, ils ne criaient pas.

Cowan prit une cigarette dans le paquet que Dave lui proposait. C'est Dave qui lui donna du feu, cette fois.

– Entre-temps, je me sentais mieux. En tout cas, j'étais curieux. J'ai entendu la porte s'ouvrir et je suis sorti voir qui c'était. Un grand type dégingandé en costume, du genre qu'on achète par correspondance.

– Vous n'avez pas vu son visage?

– Je ne les ai vus que de dos. Ils se dirigeaient vers l'escalier.

Dave reprit café et cognac.

– Qu'est-ce qui se passait, à votre avis?

– C'était la femme de Dawson, n'est-ce pas? L'homme devait être son avocat. En tout cas, c'était pas fini. Vers 21 h 30, ça a recommencé. Des mecs qui hurlaient. Je suis allé jeter un coup d'œil discrètement et j'ai vu Dawson sortir un gosse. Et pas gentiment. Il s'est cogné à la balustrade et j'ai cru qu'il allait passer par-dessus. Mais non. Un gosse costaud, sourcils très noirs. Il pleurait. Il est retourné tambouriner sur la porte, mais on ne l'a pas laissé entrer et quand j'ai regardé plus tard, il avait disparu. (Cowan hocha pensivement la tête, but du café, puis du cognac, et souffla la fumée.) Ah, oui, j'ai eu une nuit animée!

– Rien d'autre après? demanda Dave. Ou bien ça ne vous intéressait plus?

– Je me suis fait des œufs brouillés et j'ai regardé

la télé. Mon rendez-vous était tard. Ma copine gardait un bébé ou un chien à Beverly Hills. Les gens devaient rentrer vers minuit. On avait prévu d'aller en boîte. Donc, vers 23 heures, je me suis préparé. Et ça a recommencé à se déchaîner à côté. Comme je me rasais, je ne suis pas allé voir tout de suite. Mais quand je suis ressorti, le gosse était revenu. Charleen est sortie en courant sur le balcon et il l'a rattrapée pour la faire rentrer de force. Elle devait être complètement saoule aussi, elle tenait à peine debout. Il l'a pratiquement portée.

– Et Dawson ? demanda Dave. Où était-il ?

– Je l'ai pas vu.

14

De vieux clous grinçaient, de vieilles planches craquaient. Il était allongé à plat ventre, et fermait les yeux pour essayer de se rendormir. Il était allé dans trop d'endroits différents et très éloignés les uns des autres. La Triumph n'était pas de tout repos. Il avait des courbatures. Une douche les ferait sans doute disparaître. Ce qui resterait, ce seraient les visages, les voix, la triste réalité. Le problème, dans la vie, c'est qu'on n'a jamais assez le temps de répéter. Il tendit à l'aveuglette la main vers la chaîne et ne la trouva pas. Il tourna la tête et ouvrit un œil. Des nœuds dans les planches de pin le fixaient. Il appuya sur le bouton. Clavecin, Bach, Wanda Landowska. Il poussa un grand soupir, rejeta le drap trempé de sueur et se redressa. Puis il se passa la main sur le visage, se mit debout et tituba jusqu'à la salle de bains.

– Quel régal ! s'écria Amanda quand il en ressortit.

Il battit en retraite et prit un vieux peignoir en velours bleu accroché derrière la porte.

Il l'enfila et réapparut en nouant la ceinture.

– Ce qui va faire ton succès, dit-il en prenant la tasse de café qu'elle lui tendait, c'est qu'avec toi, tout se fait tout de suite. Personne ne se fait livrer des matériaux de construction en deux jours. Personne ne met les ouvriers au boulot aussi vite.

Il sortit dans la cour. Les grands garçons taciturnes arrachaient les planches du toit du bâtiment principal et les jetaient. Une avalanche de feuilles sèches, de graines et de poussière dégringolait à chaque fois. Assis sous le chêne et armé d'une truelle, leur père manchot grattait le ciment de vieilles briques d'un air renfrogné.

– Tu voulais que ça se fasse plus tard ? demanda Amanda.

– Seulement si on invente une manière de faire sans bruit.

– S'ils ne commencent pas de bonne heure, ils ne commencent jamais. (Elle l'observa par-dessus le rebord de sa tasse.) Ça va ? Je peux les renvoyer.

– Non, ça va. (De la cuisine lui parvenait une odeur de bacon, un bruit de bacon qui grésille. Il s'y dirigea.) C'est cette affaire où tout cloche. Je disais hier que si j'étais la femme et le gosse de ce type, je ficherais le camp.

– Je me rappelle. Et c'est ce qu'ils ont fait ?

– J'en doute.

Dave s'arrêta sur le seuil de la cuisine. Delgado était là. Il avait l'air sobre et reposé. Il était en train de retourner le bacon. Brandstetter sentit le café, l'entendit tomber goutte à goutte dans la cafetière.

Delgado lui sourit. Cela rendit Dave malheureux. Plus malheureux. Il avait oublié Delgado.

– Mais maintenant, je *sais* qu'ils auraient dû, dit-il à Amanda.

– Ne me dis pas qu'ils l'ont tué.

– La respectabilité, dit Dave en entrant dans la cuisine. Tu te rappelles ce que c'est? Non, tu es trop jeune. Autrefois, ça menait la vie des gens. Ça n'a jamais signifié grand-chose et ça n'a presque plus de sens aujourd'hui. Ça n'avait presque aucun rapport avec la réalité. Aujourd'hui, la plupart des gens le savent. Mais pas tout le monde. Gerald Dawson a fini par le comprendre et ça l'a tué. Et maintenant, ça va détruire sa femme et son fils.

– La décence… commença Amanda.

– Pas la décence. La respectabilité. (Dave regarda Delgado poser les tranches sur du papier absorbant, verser les œufs battus d'un bol jaune dans la poêle où grésillait du beurre.) Ce que les voisins pensent de toi. Sauf qu'il n'y a plus de voisins. Et s'ils pensent, ce n'est pas à toi, mais à eux-mêmes.

Elle lui donna l'une de ses longues et minces cigarettes brunes, du paquet qu'elle sortit de la poche de sa chemise de travail en chambray, à boutons de nacre.

– C'est plus répandu que tu ne crois, dit-elle en lui donnant du feu. Même si les gens prétendent le contraire.

– Je te l'ai trouvé, dit Delgado.

Il n'avait jeté qu'un bref regard à Dave, occupé qu'il était à disposer sur les assiettes toast, bacons et œufs brouillés. Mais c'était le regard d'un gosse qui veut qu'on le félicite, qui en a besoin, énormément.

– Les pistes habituelles n'allaient pas très loin. Permis de conduire, ce genre de trucs. (Il se tourna et leur tendit leurs assiettes.) Mais j'ai pensé à son entreprise. Et j'ai commencé à fouiner du côté des boîtes qui développent les pellicules et traitent le son. Sans choisir les grosses.

Ils sortirent dans la chaleur et la lumière du matin et traînèrent dans la salle d'escrime. Cette fois, ils ne s'assirent pas sur le lit, mais par terre, adossés au mur l'un à côté de l'autre, Amanda au milieu. Delgado se pencha en avant vers Dave, l'air tout content.

– J'ai choisi les petites, continua-t-il. Et comme de bien entendu, à Wilcox, de l'autre côté du parc, il y a une petite porte toute sombre, un peu cachée, juste à côté d'une boutique tout ce qu'il y a de plus honnête – tricots ? lampes ? sandales ? un truc comme ça. Bref, l'autre porte, c'est une boîte où tu peux monter un film et faire le doublage. Deux, trois pièces remplies de matériel, tenues par un type aux yeux vairons. Sauf qu'il voulait rien dire, cet enculé. (Il s'interrompit, rougit et s'excusa pour Amanda.) Sauf qu'il y avait une affiche au mur. Une production Spence Odum, pas moins.

Il avala une gorgée de café pour faire passer sa grosse bouchée de toast.

– *Jusqu'au bout ?* demanda Dave.

– *Filles en cuir*. Une tripotée de filles bien en chair perchées sur des grosses motos noires qui ne portaient rien d'autres que des bottes et des casques. Des gouines.

– Surveille ton langage.

– Bref, Odum tourne généralement dans le même studio. Pour les extérieurs, il se trimballe dans une camionnette blanche. Il ne demande pas d'autorisations. Il filme et il se tire. Mais ce qu'il appelle son studio est situé sur le Strip. À l'arrière d'une agence immobilière. Une seule pièce. Tu parles d'un producteur !

– Tu n'y es pas allé.

– J'ai tambouriné à la porte. Personne n'a répondu. À l'agence immobilière, personne avait jamais entendu le nom de Spence Odum. Quand on parle de respectabilité. Ça aurait pu être une église. (Il sortit de la poche d'une chemisette blanche impeccablement repassée – il avait dû récupérer son linge quelque part – un petit papier.) Voilà l'adresse.

– Merci, sourit Dave. Bien joué !

– Autre chose ? demanda avidement Delgado.

– Non, c'est réglé. C'est le fils qui l'a tué. Ne sois pas déçu. On suit toujours des tas de fausses pistes avant de trouver la bonne. Tu sais bien.

– Ouais. (Delgado semblait malgré tout déçu.) Je sais. Mais la gamine, Charleen ?

– C'était un témoin. Mais on ne la trouvera pas. La dernière fois qu'on l'a vue en vie – si elle l'était – c'était en compagnie de Bucky.

– Tu as dit que ça te plaisait, intervint Amanda. Moi je trouve ça horrible. Comment peux-tu continuer ?

– Ce n'est pas toujours aussi déprimant.

Dave posa son assiette, se releva, l'enjamba et alla fouiller dans sa veste posée avec son pantalon sur une enceinte. Il revint avec son portefeuille et fourra dans la poche de Delgado une poignée de billets de cinquante dollars.

– Paie ta note au motel pour que je puisse te joindre quand j'ai besoin de toi, OK ?

Le visage de Delgado s'assombrit. Il lui rendit l'argent.

– Arrête de culpabiliser, tu veux ? Tu n'as pas pris mon boulot. Ce n'était pas moi qui parlais, c'était le whisky.

Dave lui fourra de nouveau les billets dans la poche.

– Je ne t'ai pas dit que je te les donnais. Tu les as gagnés. (Il baissa les yeux vers Amanda qui faisait la tête.) Excuse-moi de parler de ça devant toi. Allez, souris. Et file commettre ton œuvre destructrice.

– Ce ne sont que des planches. Pas des vies.

– Allons, enfin. Ce n'est pas si simple que ça.

– Excuse-moi, fit-elle avec un pauvre sourire. Je ne voulais pas dire ça.

Il alla chercher des vêtements propres dans ses cartons.

– Si, tu voulais, et ça signifie que tu es une femme adorable, mais je le savais déjà. Je te pro-

mets de laver le sang qui souille mes mains la prochaine fois qu'on se reparlera.

– Oh, Dave ! Je t'ai dit que j'étais désolée.

Il alla s'habiller dans la salle de bains.

– Laisse-moi ton adresse et ton téléphone, OK ?
demanda-t-il à Delgado avant de refermer la porte.

– Une voix d'homme, dit Mildred Dawson.

Elle n'était qu'une haute silhouette indistincte
dans la pénombre. Malgré les volets fermés pour
éloigner la chaleur et la lumière, il y faisait quand
même chaud. Dave portait un polo de football
léger à rayures bleues et blanches et un pantalon
en lin bleu, mais il transpirait. Tout comme Bucky,
effrayé et toujours aussi massif, avec son jean
coupé et sa chemise ouverte sur sa poitrine velue.
Il ne cessait de s'asseoir et de se relever. Lyle Shumate lui parlait à voix basse.

– Un peu la même voix que Bucky, dit la femme,
pliée en deux sur sa canne. J'ai demandé qui était à
l'appareil. Il n'a pas voulu répondre. Tout ce qu'il a
dit, c'est que mon mari était dans cet appartement
avec la fille. Qu'ils forniquaient.

Elle prononça le dernier mot en chuchotant.

– C'est le terme qu'il a employé ? demanda
Dave.

– Vous croyez que je l'oublierais ? Il a ajouté que
si je voulais le sauver, il fallait que j'aille le chercher.

– Le sauver de quoi ? De la mort ? Il menaçait de
le tuer ?

– De la damnation éternelle.

– Cela signifie la mort, n'est-ce pas, révérend ? (Dave scruta le visage du type dégingandé assis sur le canapé.) Cela ne vous est pas du tout venu à l'esprit que Lon Tooker n'avait pas tué Gerald Dawson ? Que personne ne lui avait sauté dessus dans la rue ? Que la voix au téléphone était celle de son assassin ? Que vous laissiez souffrir un innocent, qu'il allait peut-être mourir ?

– N'importe qui peut acheter la damnation éternelle, de nos jours, dit Shumate. En dehors de la grâce rédemptrice de Notre Seigneur et Sauveur Jésus-Christ, il n'y a rien d'autre que la damnation éternelle.

– Ce n'est pas une réponse. C'est un sermon. (Dave se retourna vers Mildred Dawson.) Vous y êtes donc allée. Comment ?

– J'ai ma voiture. Vous le savez. Elle a une boîte automatique. Je me débrouille.

– Et la porte principale de la résidence ? Elle est verrouillée et seuls les locataires ont la clé. Votre mari vous attendait dans le hall pour vous ouvrir ?

– Non. J'ai poussé la porte, elle s'est ouverte.

– Elle était coincée, expliqua Bucky. Juste un peu entrebâillée, et maintenue par un coin en caoutchouc à la charnière, pour pas qu'on le remarque.

– Mais vous l'avez remarqué.

– Cette nuit-là, j'ai tout remarqué. Il ne m'était jamais rien arrivé de pareil.

– Ça ne risque pas de se reproduire, dit Dave.

– Ne l'accablez pas, intervint Shumate en passant un bras autour des épaules massives du gamin. Cet enfant n'a rien fait de mal.

– Vous avez tous mal agi et vous le savez. Du moins je l'espère. Sans quoi, votre église est mal partie. (Il se retourna vers Mildred Dawson.) Il vous avait donné le numéro de l'appartement, votre correspondant anonyme ? Vous y êtes montée ? Tous ces escaliers, toute seule ?

– J'ai souffert, mais le Seigneur m'a donné la force. Le trente-six, oui.

– Mais ils ne « forniquaient » pas quand vous êtes arrivée, n'est-ce pas ? Ils dînaient.

– Si vous le savez, pourquoi vous demandez ?

– Par habitude. Parfois, on me dit la vérité. Vous lui avez demandé de rentrer à la maison, c'est ça ?

– Je ne pense pas que vous ayez autorité à nous interroger, dit Shumate. La loi n'oblige aucun d'entre nous à vous répondre.

– Vous feriez bien de vous y entraîner avec moi. Vous serez rodé. Un inspecteur du bureau du shérif du nom de Salazar ne va pas tarder à vous poser les mêmes questions.

– Gerald n'a pas voulu venir, reprit Mildred Dawson. Il avait trouvé le « bonheur » et ne voulait pas y renoncer. Quel qu'en soit le prix. Pour lui, pour moi, pour Bucky, pour quiconque. Il était totalement changé. Je l'ai à peine reconnu. Une petite de rien du tout, et elle avait réussi à l'ensorceler ! ricana-t-elle.

– Il vous a frappée ? Quelqu'un est tombé. Mon témoin l'a entendu.

– Il n'aurait pas osé. C'était la fille.

– Vous êtes donc revenue ici appeler Shumate.

– Je n'ai pas pu le faire céder non plus, dit le révérend.

– Je ne voulais pas que Bucky sache, continua Mildred Dawson. Tellement j'avais honte. Mais Gerald adorait Bucky et si son fils lui demandait, il rentrerait. Alors j'ai suggéré au révérend Lyle d'envoyer Bucky.

Dave se tourna vers le jeune homme aux épais sourcils noirs.

– Ils mangeaient plus quand je suis arrivé, dit Bucky. Ils avaient oublié de fermer à clé. Ils étaient tout nus dans le lit. Et il m'a donné un coup de poing. Tellement fort que je suis tombé. Et puis il m'a relevé et fichu dehors. J'ai cogné sur la porte en pleurant, mais il a pas voulu me laisser rentrer.

– Mais ensuite, il a accepté. À 23 heures.

– Quoi !? s'exclama Bucky en se relevant d'un bond.

– Et en essayant de l'entraîner de force, vous lui avez brisé la nuque. Mon témoin ne vous a pas vu sortir le cadavre, mais il a vu Charleen essayer de s'enfuir. Il vous a vu la tirer dans l'appartement.

– Il ment ! J'étais pas là, à ce moment-là !

– Il a cru qu'elle était ivre parce qu'elle titubait. Mais ce n'était pas ça, n'est-ce pas ? Vous essayiez de la tuer. Elle était à moitié morte, hein ? Et puis quand vous avez réussi à la faire rentrer, c'en a été fini, exactement comme avec votre père.

– Non ! geignit Bucky. J'ai tué personne.

– Vous ne pouviez pas la brûler comme les magazines cochons de votre père. Qu'est-ce que vous en avez fait, Bucky ?

– Elle était encore en vie quand je suis parti. Mon père aussi. (Sa voix s'étrangla dans ses larmes. Il tendit les mains, suppliant.) Il faut me croire ! Je vous en prie, je vous en prie !

– La voiture de son père était ici. (Shumate se leva et serra le garçon contre lui.) Ça ne vous convainc pas ?

– Pas qu'il l'ait conduite. De toute façon, c'est Salazar qu'il faudra convaincre.

Il se dirigea vers la porte. Bucky ne prêtait aucune attention à Shumate. Il regardait Dave, les yeux écarquillés. Mildred Dawson le fixait, elle aussi. Dave ouvrit la porte et sortit dans la chaleur.

15

Des *piñatas* pendaient des poutres noircies de l'auvent au-dessus de la belle tête de Salazar. Elles semblaient flotter comme les animaux d'un tableau de Chagall : chèvres en papier mâché, *burros*[1], poules, bestioles à plume et à poil aux couleurs vives et contrastées, rouge, orange, vert, bleu et rose chewing-gum. Avec leurs yeux plats en crépon, elles contemplaient les touristes d'Indiana en bermudas et robes de plage qui avançaient dans la cohue des étroites allées de brique, entre les étals des vendeurs de *huarache*[2], des vendeurs de sombreros, des vendeurs de *serape*[3] et des vendeurs de cactus en sucre et de vanneries d'Olvera Street. Guitares et trompettes *mariachi* se déversaient des haut-parleurs. L'air brûlant était chargé des odeurs de chili provenant des stands de tacos. Devant dansait un quatuor de gamines maquillées avec

1. Ânes. *(N.d.T.)*
2. Sandales. *(N.d.T.)*
3. Ponchos. *(N.d.T.)*

des roses en papier dans les cheveux et des robes à paillettes.

Derrière Salazar, des chapelets de gourdes peintes et luisantes pendaient de chaque côté de l'entrée d'un restaurant sombre. Il était assis en face de Dave à une table couverte d'une nappe en guingan et mangeait tout comme lui des *enchiladas* qu'il faisait passer tout comme lui avec un soda à l'orange tiédasse.

— Je ne peux pas l'arrêter. Comment je pourrais ? (Il s'essuya le menton avec une serviette en papier. Tel une star du muet – Gilbert Roland ?) Selon Ken Barker, il a été assassiné devant chez lui à LA par le tenancier d'un sex-shop. Et maintenant, il faudrait que je débarque en disant qu'il a été tué dans un appartement sur le Strip ? Par son propre gosse ?

— Le gosse avoue qu'il était sur les lieux, dit Dave. Cowan l'a vu.

— Cowan n'a pas vu de meurtre.

— Mais personne n'a plus revu Gerald Dawson vivant ensuite. Le légiste déclare qu'il a été tué entre 22 heures et minuit. Et Bucky a menti à Barker.

Salazar secoua la tête et piocha d'une fourchette maussade dans ses *refritos*.

— Ça ne fait pas une affaire de meurtre. Tout au plus une dispute de famille.

— Arrêtez, dit Dave. Vous n'y croyez pas vous-même. Qu'est-ce qu'il y a ? C'est la voiture qui vous tracasse ? Pourquoi la femme, la veuve, en y repensant ensuite, n'aurait-elle pas pris la sienne pour conduire Bucky là-bas, afin qu'il ramène la voiture de Dawson chez lui tandis qu'elle le suivait ?

– Les gens sont tellement affolés qu'ils en oublient des détails. (Salazar prit lugubrement une gorgée de soda.) Même des détails aussi importants qu'une voiture.

– Quand on est seul, peut-être. Surtout à son âge. Mais il n'était pas seul. Sa mère l'a aidé. Et le prêtre aussi. Ils ont même pensé à un détail aussi mince que les clés.

Salazar avait la bouche pleine de riz rose. Dave lut sa question dans ses grands yeux bruns étincelants.

– Si Dawson avait lui-même conduit pour rentrer chez lui et s'apprêtait à ouvrir son garage, il aurait eu les clés à la main. Elles n'y étaient pas. Ni dans sa poche. Ni par terre. Introuvables. Lon Tooker ne les avait pas. Je vous suggère de fouiller la chambre de Bucky.

– Vous rigolez. (Salazar resta la fourchette en l'air.) Pourquoi cacher ces foutues clés ?

– Parce que le trousseau comprenaient celles de l'immeuble du Strip : une pour la porte principale et une pour l'appartement trente-six.

– Pourquoi ne pas s'en débarrasser et ne garder que celles de la voiture ? dit Salazar avant d'enfourner une grosse bouchée d'*enchiladas*.

– Parce qu'ils ignoraient lesquelles c'étaient. Et qu'il y avait aussi les clés de Superstar Rentals. De toute façon, c'est vous-même qui parliez d'affolement.

Salazar fit passer le tout avec une gorgée de soda à l'orange.

– Et vous de présence d'esprit. Ça ne peut pas être les deux, Brandstetter. Si ça s'est passé comme vous dites, il aurait pu enlever toutes les clés sauf celles de la voiture.

– Ce qui n'aurait pas manqué de susciter beaucoup de questions. Mieux valait prendre le risque et espérer que les flics pensent que le tueur avait pris tout le trousseau et l'avait jeté.

– Et pourquoi ce n'est pas ce qu'il aurait fait ?

– Parce que Bucky conduisait la voiture et qu'il les a toujours.

Salazar haussa un sourcil, pinça les lèvres et secoua la tête.

– D'après Barker, vous êtes très, très malin. Mais il y a malin et malin, n'est-ce pas ? Moi ce que j'entends dans tout ça, c'est le bruit de la caisse enregistreuse. Vous essayez de ne pas faire perdre d'argent à la compagnie d'assurances qui vous a engagé. Tooker ne vous sert à rien. Mais la veuve et l'orphelin, oui, n'est-ce pas ?

– Tooker n'a rien à voir avec tout ça.

– Et les trucs de cheval sur les vêtements du mort ?

– Allez voir le placard de l'appartement trente-six, dit Dave. Vous verrez de la terre sous les chaussures et sur la moquette.

– Ouais, le trente-six, répéta Salazar en chassant une mouche du bol de *guacamole*. Qu'est-ce qu'ils en avaient à faire, la veuve et l'orphelin ?

178

– Tout, justement. Si vous n'arrivez pas à saisir ça, pas étonnant que vous ne me croyiez pas. Laissez-moi vous expliquer encore une fois. En perdant les clés de l'appartement, en ramenant de là-bas le corps et la voiture, ce qu'ils essayaient de faire, ce n'était pas seulement échapper à une accusation d'homicide volontaire. Ils voulaient donner l'impression que Gerald R. Dawson n'était jamais allé là-bas et n'avait jamais touché cette fille. Pour eux, le Strip, c'est Sodome et Gomorrhe. Gerald R. Dawson était un saint.

Salazar ne répondit pas. Il se contentait de le regarder. Il plongea une tortilla frite dans le *guacamole*, l'engloutit et mâcha. Puis il se lécha les doigts.

– Ils voulaient que la police, poursuivit Dave, le *Times*, l'*Examiner*, « l'Œil du Témoin » et tout le monde croient que leur époux et père chéri était, de son vivant comme après sa mort, un même irréprochable croisé du Christ. Merde! Bucky me l'a bien montré. Il prétendait que les magazines pornos qu'il brûlait étaient à lui. C'était faux. Mais Bucky était prêt à appeler sur lui ce que leur univers étriqué et irréel nomme disgrâce. Peu importait le prix : il voulait protéger l'image de son père.

– Même s'il devait le tuer pour ça. (Salazar prit sa bouteille de soda et la reposa. Il se mit à rire. Pas joyeusement. Tristement.) Eh bien, ça, c'est tordu, Brandstetter! Vous voulez que je vous dise? Tordu!

– Si vos petits techniciens scientifiques veulent

bien se donner la peine de prendre leurs petits aspirateurs et d'aller à l'appartement, vous verrez que ça n'a rien de tordu. Mrs Dawson n'a pas pu sauver son mari des feux de l'enfer. Lyle Shumate était son prêtre et son ami et il y a échoué aussi. Bucky également, et il n'a pu l'accepter. Peut-être qu'il en a discuté avec maman, peut-être pas. Mais il y est retourné, a usé de la force et quelque chose a mal tourné. Bucky prétendait que son père ne savait pas se battre, mais il a dû résister. Quoi qu'il en soit, ça s'est terminé par sa mort.

– Tordu ! répéta Salazar en empilant les assiettes. Même si on accepte que ce soit accidentel, c'est quand même tordu. Et puis d'ailleurs, la fille ? Vous êtes allé à cet appartement. Son corps n'y est pas ? Où est-elle ?

– Si seulement je savais, dit Dave en se levant de la chaise qui grinça. Je ne vois pas Bucky la tuer de sang froid. (Il prit l'addition et chaussa ses lunettes pour la lire.) Mais où est-elle allée ? Je n'arrête pas de croiser des gamines maigrichonnes et choucroutées en espérant que ce soit elle. Et à chaque fois, non. (Il rangea ses lunettes.) J'ai dû mal à croire Bucky, mais je ne peux pas m'empêcher de penser qu'elle est encore en vie.

– Pas s'il a tué son père. (Salazar se leva et s'étira. Ses poings cognèrent les *piñatas*. Elles se balancèrent et se heurtèrent les unes contre les autres.) Pas si elle l'a vu faire, dit-il en retenant les *piñatas*.

Dave se baissa pour les éviter et entra dans le

restaurant payer la note. Quand il ressortit, Salazar était en train de jeter des pièces aux gamines qui dansaient.

– Soyez gentil, allez jeter un coup d'œil à l'appartement.

– Barker ne va pas apprécier.

– Ça lui fera un souci de moins !

La chaleur de la journée traversait le toit de la grande pièce. De la sciure voletait entre les poutres. Au-dessus bougeaient les ombres des deux fils taciturnes raclant le toit de leurs chaussures. Des scies gémissaient, des marteaux cognaient. Tête levée, une main en visière, Amanda devait crier pour couvrir le vacarme. Ken Barker était avec elle. Il hochait la tête. Désignait quelque chose. À côté de lui, Amanda paraissait toute petite et fragile. Avec l'*Homo sapiens*, la nature continuait de construire des modèles expérimentaux. Ils auraient pu représenter deux espèces différentes. Dave traversa la pièce couverte de sciure pour les rejoindre. Barker lui jeta un regard noir.

– Tu es en train de te faire sacrément mal voir, lança-t-il par-dessus le bruit.

– Je ne t'entends pas, mentit Dave.

Il embrassa Amanda sur le front et entraîna Barker dans la cour, où le père manchot renfrogné, toujours assis dans l'ombre mouchetée du chêne, continuait de se coincer méthodiquement des briques entre les genoux et d'en racler le ciment avec sa truelle. Amanda alla lui parler. Dave emmena Barker dans la cuisine, sortit des bières du réfrigérateur, les décapsula et en tendit une à Barker.

– Salazar boit du soda à l'orange avec les plats mexicains. Je me suis dit qu'il valait mieux que je garde l'esprit aussi clair que lui.

– Mrs Dawson a porté plainte contre toi pour qu'on t'empêche de l'approcher, dit Barker. Elle nous a dit, au district attorney et à moi, que tu la harcelais et accusais son fils de meurtre. Pas besoin de te demander si c'est vrai. Je te connais.

Dave s'adossa à l'évier et lui raconta toute la longue histoire. Elle commençait à le fatiguer, à présent. Et à le mettre mal à l'aise. Bucky qui assassinait son propre père, conduit par une logique pathétique et tordue. Inévitable. Dawson incapable de respecter lui-même les exigences de vie qu'il s'était fixées. Son fils encore trop jeune pour les remettre en question. Tout avait commencé dès le jour de la naissance de Bucky. Et non pas à la mort de Charleen. Les deux ne tenaient pas ensemble. Il n'en parla pas à Barker. Il termina sa Dos Equis et son histoire.

– Cette interdiction ne s'applique pas à toi. Va fouiller la chambre de Bucky. Tu trouveras les clés.

Barker plongea la main dans sa poche. Il en sortit un trousseau accroché à un porte-clés en cuir. Dave tendit la main. Barker les laissa tomber dans sa paume ouverte. Sur le porte-clés étaient gravés les mots JÉSUS NOTRE SAUVEUR. Presque toute la dorure des lettres était effacée.

– D'où tu les sors ? Pas de chez Tooker.

– Bucky, dit Barker avec un sourire ironique. Ce matin. Après ta visite, il a pensé que le moment était venu de raconter la vérité, toute la vérité. Sa mère et lui sont effectivement allés rechercher la voiture, mais le matin, une fois qu'elle a découvert le corps, avant de nous prévenir.

– Ce qui signifie qu'ils ne savaient pas qu'il était mort jusqu'à ce moment-là ?

– Bravo !

Barker posa sa bouteille vide sur la cuisinière, ouvrit le réfrigérateur et en sortit deux autres. Elles chuintèrent quand il les décapsula. Il en tendit une à Dave.

– Pourquoi ce ne serait pas un autre mensonge ? demanda Dave.

– Parce que Bucky s'est rappelé un témoin. Un Noir en uniforme de vigile bien repassé qui est trop vieux pour avoir envie de dormir et surveille le parking souterrain de Sylvia Katzman.

Barker prit une cigarette dans la poche de chemise de Dave qui lui donna du feu.

– À son âge, comme il a du mal à monter la garde debout, il gare sa Corvair 1962 juste à côté de l'entrée dans la rue. Et reste assis dedans. Et quand un locataire arrive, il sort et prend un air bien assuré avec son gros revolver à la hanche. Il attend que le locataire quitte les lieux et retourne à sa voiture. Il voit pas mal de choses, de là. Pas seulement les gens qui se garent, mais aussi ceux qui entrent à pied. Il a vu Mildred Dawson vers

20 heures, Lyle Shumate vers 21 heures et Bucky vers 22 heures. Arriver et repartir. Puis il a vu Bucky revenir prendre la voiture de son père un peu après l'aube. Ils se sont même un peu parlé.

– Mais il n'a pas vu Bucky revenir durant la nuit du meurtre? demanda Dave en allumant une cigarette à son tour. Vers 23 heures?

– Négatif. Pas plus que Charleen – à aucun moment. Ni Gerald Dawson – mort ou vif. (Barker alla s'appuyer à la porte et contempla les deux fils taciturnes sur le toit, de l'autre côté. Il souffla sa fumée. Elle resta devant lui. L'air était immobile.) Évidemment, il est allé aux toilettes. Sa vieille prostate, ce n'est plus ce que c'était. Il aurait donc pu ne pas voir Bucky revenir et repartir avec deux cadavres. Mais il ne pense pas. Et moi non plus.

– Nous savons où a fini le cadavre de Dawson, dit Dave. Mais pas celui de Charleen. Il n'est pas dans son appartement: j'y suis allé. Mais Cowan l'a vue essayer de s'échapper et Bucky la faire rentrer de force. Et c'est la dernière fois qu'on l'a vue. (Il fronça pensivement les sourcils.) Elle a dû être blessée. Elle n'était pas ivre. Il n'y avait pas de bouteilles d'alcool sur les lieux.

Barker se retourna, prit une gorgée de bière et le dévisagea.

– Tu sais quoi? Tu as l'air hésitant. D'habitude, tu vises juste. Et là, tu manques à chaque fois. Qu'est-ce qui se passe? Tu n'es pas dans ton assiette? Je sais que tu représentais beaucoup pour

Medallion. Je ne pensais pas que Medallion représentait autant pour toi. Tout d'un coup, tu n'es plus aussi sûr de toi, je me trompe?

– Laisse tomber! lança Dave d'un ton amer. Je commets tout le temps des erreurs. Tu sais bien. Qu'a fait Salazar? Il m'a juste dit qu'il irait jeter un coup d'œil à l'appartement.

– Il a envoyé une équipe là-bas. Je l'ai croisé. Mais Dawson n'a pas été tué chez Charleen, tu le sais. Tu as fouillé partout. Tu n'as trouvé aucune trace de lutte, n'est-ce pas? Il est mort la nuque brisée. Nuque brisée, étranglé, asphyxié – quatre-vingt-dix-neuf fois sur cent, les muscles de la vessie et de l'intestin se relâchent. C'était le cas, Dave.

– Une fois que vous avez trouvé le corps, oui. Plus de six heures après. Avec cette chaleur, c'est normal. Quatre-vingt-dix-neuf fois sur cent, c'est un peu vague, comme estimation.

– Ah, ah! fit Amanda en apparaissant sur le seuil. J'ai droit à une bière, moi aussi?

– Dans les pendaisons judiciaires, la nuque est brisée et le chiffre passe à 100%, dit Barker.

– Dans les pendaisons judiciaires, le type est angoissé, nerveux. Dawson ne s'attendait pas à avoir la nuque brisée.

– Mon Dieu! (Amanda frôla Barker, scruta le réfrigérateur obscur et en sortit le carton des Dos Equis. Il était vide.) Il est temps d'aller aux provisions, dit-elle d'une petite voix hésitante qu'elle tenta de rendre alerte.

– J'y vais, proposa Dave en s'avançant.

– Non, non. Restez là, tous les deux, et continuez votre charmante discussion. (Elle pâlit.) Je crois que je préfère ne pas l'entendre.

– Je suis vraiment désolé, une fois de plus, sourit Dave.

– J'ai dit une bêtise ? demanda Barker.

– C'est la coutume, ici, répondit Amanda en secouant doucement la tête. (Elle disparut précipitamment et revint un instant plus tard, essoufflée.) J'avais oublié. Quelqu'un du nom de Randy Van t'a appelé. Drôle de voix. C'est un garçon ou une fille ?

– Il n'a pas encore pris sa décision.

Amanda n'eut pas l'air de comprendre et s'en alla.

– Quoi qu'il en soit, Tooker peut retourner à ses chevaux, conclut Dave.

– Sauf si Dawson a été tué devant chez lui. Et c'est ce que je pense.

– Il devait dormir, ton vieux Noir, dit Dave.

16

La perruque était différente et le costume aussi, bien que costume fût un mot injuste. La perruque était brune à mèches dorées et la robe-chemisier beige, en serge, avec des boutons couleur agate. Le sac à main posé sur le bar était assorti. Tout comme les chaussures de grande taille, talons coincés sur la barre du tabouret. Cette fois, le rouge à lèvres et le vernis à ongles étaient orangés. Mais le sourire n'avait pas changé. Il disait que Dave était bienvenu, plus que bienvenu.

Le soleil était toujours découpé par les stores en bambou. Il y avait moins d'agents, d'avocats et leurs clients dans la salle, et personne ne tripotait d'instruments sur l'estrade du fond. Dave prit le tabouret voisin de Randy et jeta un coup d'œil à son verre.

– Margarita, dit Randy. Et toi ?

Dave s'adressa au barman :

– Dos Equis. (Puis à Randy :) Alors Odum a menti. Il connaît Charleen.

– Elle n'a jamais tourné pour lui, mais elle allait le faire.

– « Allait » ? (La bouteille arriva, accompagnée d'un verre froid et encore trempé.) Il a changé d'avis ?

– « Va », alors. Je voulais juste dire que ça ne s'était pas encore fait. Il écrit un scénario pour elle. Il m'a montré sa photo et j'ai demandé : « Mais pourquoi, au nom du Ciel ? » Il a répondu que c'était pour rendre service à un ami.

– Une photo ?

Randy renversa son joli sac à main. En sortirent cigarettes, briquet, rouge, pièces, clés. La grosse main d'homme aux ongles soigneusement féminins poussa sur le bar un tirage glacé vers Dave. Pris dans une chambre de motel. La lumière avait quelque chose de bizarre, mais quoi ? Elle était nue et faisait vraiment 12 ans. La pose obscène était pathétique. Il haussa les sourcils.

– Quel ami ?

– Jack Fullbright. Je crois que c'est lui qui a pris la photo.

– Odum se sépare facilement de ses biens, avec toi. Les photos comme les renseignements.

Randy lécha le sel sur le rebord de son verre.

– Nous avons été amants. Nous le sommes encore, de temps en temps. Il aime les garçons qui s'habillent en femme. Je te l'ai dit. Il est chaleureux, drôle et gentil.

– Et tout le monde n'aime pas les garçons qui s'habillent en femme. Et tous les garçons qui s'habillent en femme n'aiment pas les gros pornographes quinquagénaires.

– C'est une symbiose. (Il papillonna de ses faux cils et prit délicatement une gorgée de margarita.) C'est bien le mot ? Ou tu préfères que je dise « exploitation » ?

– Qu'est-ce que Fullbright va faire pour lui ? demanda Dave en buvant sa bière.

Il se sentait gros, lourd, gauche. Chacun de ses mouvements lui semblait joué, étudié. Sa voix était trop grave. Ça ne pouvait pas être triste. Il n'avait jamais eu envie de mettre une robe. Ça devait être drôle. Il se mordit la lèvre pour ne pas rire.

– Ou bien est-ce qu'il lui a déjà rendu son petit service ?

– Il va fournir gratuitement à Spence tout le matériel qu'il veut. Qu'est-ce qu'il y a de drôle ?

– Tu me donnes l'impression d'être Jack Youngblood.

– Et qui c'est, celui-là ?

– Un homme qui assomme tout le monde sur les terrains de football.

– Quand on fait mec, on fait mec ! rétorqua Randy avec désinvolture. (Il gloussa et tapota sa perruque.) Mais le football, ce n'est pas mon genre de sport de contact.

– Quand tu pratiquais *ton* genre de sport avec Odum, est-ce qu'il t'a dit pourquoi Fullbright voulait qu'il lui rende ce service ?

Le verre de Margarita était vide. Randy le poussa au bord du comptoir et fit un signe de tête au barman.

– Sûrement pour faire plaisir à la petite. (Il jeta

un coup d'œil à la photo et la retourna vers lui.)
Cela dit, je me demande bien pourquoi.

– Moi aussi. En ce moment, il a un nouveau
paquet d'os. Il doit s'en faire vingt différents par
an, je parie. Quel genre de scénario ?

– C'est le type au bateau ? (Le verre arriva, givré
de neuf. Très femme, Randy en but une gorgée,
prit délicatement une cigarette et poussa son
paquet vers Dave.) Les bateaux, c'est sexy.

Dave alluma en souriant les cigarettes avec son
très masculin briquet en acier.

– Le scénario ? Une histoire de lycéenne avec
une prof de gym un peu gouine et le petit copain
de la prof de gym. Tout est possible.

– Ça a l'air un peu confus.

– Ça va être marrant. C'est pour ça qu'il ne
gagne pas un sou. Les tarés qui ont envie de voir
des pornos ne veulent pas rire et lui, il multiplie les
trucs marrants. Il n'y a que comme ça qu'il supporte de tourner ces saloperies. Son problème,
c'est qu'il est trop intelligent.

– Ce n'est pas très intelligent de mentir.

Dave regarda à l'autre bout du bar un jeune
type aux allures d'épouvantail sortir d'un attaché-
case des partitions qu'il posa devant un gros bonhomme en costume Cardin.

– Non, je ne te donnerais pas un dollar pour
avoir son cerveau et celui de Fullbright dans le
même lot – un très petit lot. (Il consulta sa montre.)
Comment se fait-il que tu ne sois pas en train de
jouer Bertha la petite cousette ?

– Parce que les types de l'immigration passent leur temps à ramasser les clandestins pour les expulser de l'autre côté du grillage. Et il leur faut du temps pour s'arranger avec les coyotes et revenir. Du coup, l'atelier de Morry Steinberg est un peu vide durant ces périodes. Et toute illégale que puisse être Randy Van à Dieu sait combien d'égard, il ou elle est né ici aux bons vieux États-Unis. Vous connaissez Mitchell, South Dakota ?

– Non, mais pas la peine de me chanter les premières notes.

– Petit rigolo, va ! Enfin, bref, quand une machine sur deux dans l'atelier ramasse la poussière, c'est Randy qui est là-bas à coudre lestement des blue-jeans. Et quand je demande un congé à Morry, il ne s'en plaint pas. (Il haussa un sourcil et dodelina de la tête, le poignet cassé.) Et aujourd'hui, j'ai trouvé que ce serait drôle de jouer Nora Charles, vous voyez ? Myrna Loy ?

– Odum va te détester.

– Pourquoi ? Il n'a fait de mal à personne. Et tu ne vas pas lui faire de mal. (Mais sa frivolité avait disparu. Il regarda Dave avec inquiétude.) N'est-ce pas ?

– En début de journée, j'aurais répondu non, dit Dave en versant le reste de bière avec une grimace. Mais maintenant, je ne suis plus très sûr. (Il fixa gravement le visage d'enfant de chœur lourdement maquillé.) C'est ça, être Nick Charles. Une affaire paraît totalement logique à midi. À 13 heures, elle n'a plus ni queue ni tête. Mais je

191

suis sûr d'une chose. Cette petite… (Il tapota la photo floue.)… y est bel et bien mêlée. Et elle y est toujours – morte ou vive.

– Morte ? (Randy en oublia de surveiller sa voix, qui passa au baryton. Il se racla la gorge et répéta, un octave plus haut :) Morte ?

– Peut-être que oui, peut-être que non. Tu es allé dans les appartements de Spence Odum, non ? Des indices de sa présence ?

– Ses appartements, dit Randy en riant, c'est à la fois la remise des costumes et des accessoires. Et un atelier de charpentier. Et une salle de montage. Et une salle de projection. Un capharnaüm. On ne pourrait pas y cacher un éléphant. Non, je n'ai rien vu. Je ne vois pas comment Spence cacherait une fille là-dedans, pas une vraie, en tout cas. Pour-quoi, d'ailleurs ?

– Pourquoi m'aurait-il menti en prétendant qu'il n'en avait jamais entendu parler ? (Dave prit le verre de Margarita et lui mit dans la main.) Il était avec toi quand Herman Ludwig a été abattu ?

– Bien sûr. Je te l'ai dit : c'est Spence qui m'a envoyé le chercher. (Il avala le fond de Margarita et reposa le verre.) Tu ne penses quand même pas que c'est Spence qui l'a tué ! (Il entreprit de ranger ses affaires dans le sac à main.) Spence ne ferait pas de mal à une mouche. Il en aurait des cauche-mars tellement il culpabiliserait. Jour et nuit. Il serait incapable de manger ni de regarder les gens en face. Tu ne le connais pas. Il est très sensible. (Il referma le sac.) Il est incapable ne serait-ce que de dire des méchancetés. Prendre une arme et tirer sur un être humain? Même quelqu'un qu'il détesterait, il en serait infichu. Et il adorait Herman.

– Il a des tendances pas si gentilles que ça. Regarde l'homme à la gorge tranchée.

– Dans le fauteuil de barbier? Mais c'est un mannequin, une blague.

– Quelqu'un cache cette fille. (Dave se leva.) Allons voir s'il peut nous dire la vérité aujourd'hui.

– Il est parti filmer en extérieurs. C'est pour ça que je suis libre. Je ne suis jamais dans les plans en extérieurs. Le maquillage me fait transpirer et je suis démasquée.

– Il rentrera cette nuit?

Dave n'entendit pas la réponse de Randy, car Mittelnacht venait d'arriver sur le seuil inondé de soleil. Dehors, les mêmes jeunes mangeaient leurs hamburgers fantaisie dans la chaleur polluée. Le même disque de Peter Frampton beuglait. Mittelnacht portait des lunettes noires. Un marcel teint d'une douzaine de couleurs qui ne tenaient pas couvrait son torse maigre. Le jean noir n'avait pas changé. Aujourd'hui, il était enfoncé dans des santiags noires. Il se dirigea vers l'estrade.

– Excuse-moi un instant, dit Dave à Randy.

Il prit la photo sur le bar et suivit Mittelnacht. Il le rejoignit entre les tables vides. Mittelnacht ôta ses lunettes. Ses cheveux pendaient, raides. Il sentait le shampooing.

– Tiens, vous voilà. Qu'est-ce que c'est que ça?

– À vous de me le dire. C'est censé être Charleen.

– C'est bien elle. Mais d'où vous la sortez ? Wow ! ajouta-t-il avec un petit sourire émerveillé. Dans quoi elle était fourrée ? Vous savez ce que c'est, mec ?

– Je ne comprends pas la question.

– Un privé.

Dave reprit la photo et l'examina.

– Infrarouges. D'accord, mais pour quoi faire ? Pourquoi aurait-elle posé dans le noir ? Elle était timide ?

– Ah non ! elle adorait qu'on la prenne en photo. C'était chiant. On allait à la plage et elle dépensait vingt dollars à passer la demi-journée dans des Photomaton.

– Pas pour faire ce genre de photo.

– J'en ai quelques-unes comme ça. Des Polaroïd. Il y a un machin, un retardateur : comme ça on pouvait être tous les deux dessus.

– Tout habillés, je n'en doute pas.

– Cul nu en train de s'envoyer en l'air, sourit Mittelnacht.

– Il y avait quelqu'un avec elle. Il doit y avoir d'autres photos du même genre, toute une série, et sur les autres, elle n'est pas seule. C'était un coup monté. Une chambre de motel dans l'obscurité. Elle et quelqu'un qui ne se doutait de rien. Et un photographe planqué. J'espère que vous avez gardé vos Polaroïd.

– Du chantage. (Mittelnacht prit un air grave.)

Je vais les récupérer avant de sortir un disque qui fera un carton. Faites-moi confiance. (Il plissa le front.) Vous l'avez pas encore trouvée? Ce type, Odum, il savait pas où elle était?

– Il ne me l'a pas dit. Mais je vais lui reposer la question ce soir. Si je la trouve, j'essaierai de récupérer vos photos.

– Qu'est-ce qui se passe? demanda Randy en les rejoignant.

Mittelnacht le toisa d'un air dubitatif.

Dave fit les présentations. Ils se saluèrent avec indifférence.

– Vous pensez vraiment qu'elle est encore en vie? demanda Mittelnacht.

– Personne ne m'a donné la preuve du contraire. Et j'ai besoin de lui poser des questions. Si je ne la trouve pas, un garçon qui a tué son père va s'en tirer impunément et un homme qui n'a fait de mal à personne va finir dans le couloir de la mort. Il faut donc que je croie qu'elle est encore en vie, non? (Il se retourna vers Randy.) Tu aimes monter à cheval?

– Ils ont des selles d'amazones?

– Probablement pas. Tu peux te changer. On passera chez toi.

– J'adore cette idée de repasser chez moi. Mais pas pour me changer. Les culottes de cheval, ça ne me va pas.

– On ne sait jamais tant qu'on n'en a pas essayé. Oh, et puis merde! On s'arrêtera dans un supermarché.

– Pour quoi faire ?

– Acheter des pommes. Si tu ne les montes pas, on leur donnera à manger, OK ? Si vous la voyez, dit-il à Mittelnacht, n'oubliez pas de m'appeler.

Mittelnacht n'écoutait pas. Il avait les yeux fixés sur Randy.

– Je crois pas que c'est une fille, murmura-t-il à Dave.

– Ahem ! fit Randy.

17

C'était en haut d'une de ces anciennes routes étroites et sinueuses de Topanga qui sont inondées l'hiver. De grands sycomores à l'épais feuillage vert inondé de soleil inclinaient leurs troncs blancs au-dessus d'un ruisseau où coulait en été une eau rare entre des pierres blanchies. La Triumph passa un petit pont neuf en béton. Dessous, un raton laveur qui pêchait dans les rochers moussus leva la tête. Une caille dodue suivie d'une file indienne de petits traversa la route pour se réfugier dans les taillis. Depuis un bosquet de chênes de Virginie, une biche tourna vers eux ses grandes oreilles.

Les habitations humaines des environs étaient pour la plupart anciennes et délabrées. Devant étaient garées des autos brinquebalantes et des camping-cars couverts de poussière. Des chevaux paissaient le long de clôtures de barbelés ou s'abritaient à l'ombre d'auvents en tôle plastique soutenus par quatre piliers, chassant les mouches à grands coups de queue. Des chiens débouchaient en trombe sur la route et poursuivaient la voiture en aboyant joyeusement. Dave lisait les boîtes à lettres au fur et à mesure. Celle qui annonçait TOO-KER était laquée blanc, en forme de petite maison, les lettres découpées dans le métal du toit, surmonté de la silhouette en fer blanc d'un cow-boy aux jambes arquées, avec Stetson et guitare. La vieille barrière avait été fraîchement repeinte en blanc.

La Triumph prit une allée de graviers blancs. La maison était en planches branlantes, mais elle aussi fraîchement repeinte en blanc. De gros galets chaulés entouraient des massifs de capucines éclatantes, orange, jaunes et rouges. Il se gara entre la Mercedes et un break usé qui appartenait probablement à Tooker. Quand il coupa le contact, il entendit quelqu'un taper lentement à la machine. Sur le côté de la maison, une terrasse entourait un vieux poivrier. Karen Shiflett était assise sous l'arbre, devant une machine à écrire portable rouge vif posée sur une table pliante. À ses pieds nus attendaient une boîte d'enveloppes et une pile de lettres ronéotypées. Elle était penchée comme une myope sur sa machine, tapait trois touches, consultait un agenda, en tapait quelques autres. C'est en entendant Dave poser son cageot de pommes qu'elle leva enfin le nez.

– Tiens, salut ! D'où vous sortez ?

Dave contempla le flanc de colline derrière la maison. À une vingtaine de mètres, une demi-douzaine de palominos broutaient du foin dans un paddock à clôture blanche. Leurs robes étaient

dorées avec crinières et queues blanches. Le paddock était à moitié ombragé par une lugubre écurie
en planches ouverte sur le devant. À l'intérieur
s'agitait la silhouette maigre du jeune boutonneux
de la librairie LE TROU DE SERRURE. Il avait meilleure
mine, ici. Ses longs cheveux filasse brillèrent au
soleil quand il sortit avec un tapis de selle. Il portait
une chemise de cow-boy en satin vert, un jean et
des santiags. Il posa le tapis sur le dos d'un des chevaux, fixa un instant Dave et Randy tout en le lis-
sant, puis il regagna la pénombre de l'écurie.

– Et les chevaux à vendre ? demanda Dave.

– Lon a pas voulu. (Elle soupira, repoussa la
table, se leva et tendit la main à Randy.) Salut. Je
m'appelle Karen Shiflett.

– Oh, pardon ! dit Dave. Randy Van.

– Ravie de vous connaître, souffla Randy d'une
petite voix désemparée.

Karen portait cette fois encore une des chemises
de Lon Tooker, nouée sous les seins cette fois
encore. Randy les lorgnait. Avec tristesse. Karen se
retourna vers la porte moustiquaire qui donnait
sur la terrasse. Dans son pantalon bouffant en
indienne, ses jolies petites fesses ondulaient sensuellement. Dave entendit Randy soupirer.

– Bière ou limonade ? demanda Karen.

– Avec de la tequila, peut-être ? répondit Randy.

– Sans problème.

Elle interrogea Dave du regard.

– De la bière, merci.

– Il n'a tué personne, dit-elle en ressortant avec

un plateau mexicain en bois peint chargé de verres de limonade, d'une bouteille de tequila, d'une boîte de Coors et d'une corbeille de chips de maïs. Il n'a donc pas besoin qu'on le défende. (Elle posa le plateau sur le banc en séquoia qui bordait la terrasse.) Donc ça ne va rien lui coûter. Et donc on ne vend pas les chevaux. (Elle s'assit auprès du plateau et tendit la bière à Dave. Puis elle tapota le banc de l'autre côté du plateau et s'adressa à Randy :) Je vous laisse vous servir l'eau-de-feu, OK ?

– Parfait.

Randy s'assit, posa son sac à côté de lui, prit le verre de limonade et le vida aux trois quarts. Puis il le reposa, déboucha la tequila et le remplit à ras bord. Karen le regarda avec intérêt se servir et reboucher la bouteille, puis elle leva les yeux en clignant dans le soleil qui passait entre les feuilles du poivrier.

– Quand je vous disais que Lon était un enfant.

– Peut-être pas.

Dave prit une enveloppe vierge dans la boîte et alla au bord de la terrasse. Il avait entendu le bruit d'un loquet et grincer la porte du paddock. Puis ce fut un bruit de sabots. L'un des palominos descendait la colline, monté par le jeune mec qui oscillait sur la selle. Dave sauta par-dessus la balustrade et remonta le chemin. Le type arrêta le cheval qui considéra Dave de ses grands yeux doux, renâcla gentiment de ses grands naseaux veloutés et détourna la tête dans un cliquetis de harnais.

– Rendez-moi service, dit Dave au jeune mec. (Il

lui tendit l'enveloppe et l'autre sauta de selle.)
Grattez-lui un sabot et mettez-moi ce que vous
récoltez là-dedans.

– Pour quoi faire? (Il prit l'enveloppe, la
regarda sans comprendre en la retournant entre
ses doigts, puis releva la tête vers Dave.) Ça peut
rendre service à Lon?

– Si je ne le pensais pas, est-ce que j'aurais fait
tous ces kilomètres jusqu'ici?

– Je sais pas pourquoi vous voulez l'aider.

– Il est dans une cellule que devrait légitime-
ment occuper le bénéficiaire de l'assurance de
Gerald Dawson.

– Vous essayez de protéger l'argent de votre
compagnie.

– Exact.

Le jeune mec haussa les épaules et lâcha les
rênes. L'animal ne bougea pas. Le garçon s'appuya
contre son poitrail luisant, se pencha et tapota l'un
des pieds. Le cheval le plia. Avec une brindille, le
gars racla la terre sous le sabot. Le cheval reposa le
pied, s'écarta et s'immobilisa. Le jeune homme
ramassa les débris sur le sol et les mit dans l'enveloppe qu'il tendit à Dave.

– Quand je pense qu'on vous paie pour ça.
Merde! j'aurais pu y penser. Ça va prouver que les
trucs retrouvés sur les fringues de Dawson viennent pas d'ici, c'est ça?

– Oui, mais ne vous réjouissez pas trop vite,
conseilla Dave en empochant l'enveloppe et en
repartant vers la maison. Merci.

– Vous voulez monter ? Votre copine a envie ? Ils ont tous besoin d'un peu d'exercice. Karen est occupée et j'ai le cul en bouillie.

– Une autre fois, dit Dave. Il faut que je porte ça au labo.

– Attendez pas trop, dit l'autre en remontant en selle. Ils pourraient mourir de faim.

– Ils ne manqueront pas de pommes, j'en ai apporté un cageot.

– Génial ! dit le jeune en talonnant l'animal qui trotta vers la route. Lon ferait bien de se ramener en vitesse, c'est tout ce que je sais.

Dave retourna sur la terrasse. Karen et Randy n'y étaient plus. Une brise s'était levée et des baies rouges desséchées tombaient en crépitant du poivrier. Des feuilles envolées de leur pile dérivaient sur les planches. Il les ramassa, y jeta un coup d'œil, les reposa avec les autres et les cala avec un petit pot en plastique vert où fleurissait un cactus. Il entra dans la maison. Aux murs lambrissés en imitation bouleau étaient accrochés des tableaux représentant des enfants avec de grands yeux qui tenaient dans leurs bras des oiseaux et de petits animaux sauvages. Un magnétophone à bandes tournait. Une voix grave et enjouée chantait faux sur des accords de guitare de débutant. La chanson parlait de sauver les baleines des bateaux-usines. Karen et Randy contemplaient les tableaux. Randy descendait sa limonade en poussant des gloussements ravis, la bouteille de tequila débouchée à la main. Il n'arrêtait pas de remplir son verre.

– Il faut qu'on y aille, dit Dave. (Une fois sortis sur la terrasse, il désigna du menton les feuilles ronéotypées et les enveloppes vierges.) Vous essayez de recueillir des fonds pour sa défense ?

– C'est ce qui s'appelle persister quand il n'y a plus d'espoir ! (Karen se laissa tomber mornement sur le banc et tira la table à elle d'un geste las.) Les tarés qui viennent au magasin défendraient pas leur propre mère – s'ils en ont eu une, ce dont je doute sérieusement. Mais… (Elle leva les bras et les laissa retomber.)… c'est la seule liste que j'aie, avec quelques copains du *Sierra Club*. Il fallait que j'agisse. Lui ne ferait rien. (Elle regarda Dave, les larmes aux yeux.) Vous les avez vus, ces tableaux. C'est lui qui les a peints. Je sais qu'ils sont merdiques, mais ils sont mignons. Vous avez entendu la chanson. Il en a écrit plusieurs du même genre. Comment un truc pareil a pu arriver à quelqu'un comme Lonny ? Comment on peut avoir une telle déveine ?

– Il n'est pas si malchanceux : il a une amie.

La Triumph qui redescendait le canyon en vrombissant commençait à croiser les voitures de gens qui rentraient de bonne heure du bureau. Randy contemplait en silence par la vitre ouverte le soleil et les ombres qui envahissaient le ruisseau bordé d'arbres. Le vent faisait voleter sa jolie perruque brune à mèches blondes. Il ne semblait pas y prêter attention.

– C'est la tequila qui t'a rendu muet ? demanda Dave.

Randy le regarda piteusement.

– Mon Dieu, si je pouvais avoir un corps comme le sien !

– Qu'est-ce tu reproches à celui que tu as ? demanda Dave. Il m'a l'air bien.

– J'ai pas eu le bon modèle.

18

La grande salle aux murs de brique était de nouveau plongée dans le noir. Cette fois, l'unique projecteur éclairait un corps recouvert d'un drap sur une haute table. Juste à côté se dressaient Spence Odum, avec une fausse moustache tombante et un costume de bobby et l'homme en tweed et chapeau Sherlock Holmes. Le cameraman et son appareil se découpaient en ombre chinoise sur le faisceau de lumière. La caméra ronronnait. Odum, cabotin, leva le drap, d'une main tremblante de peur, frémit et détourna la tête. L'homme au chapeau ouvrit de grands yeux horrifiés.

– Garde l'expression, fit Odum sans desserrer les lèvres. Caméra : tu zoomes à fond sur lui et tu attends. (La caméra continua de ronronner.) OK. Coupez ! Lumières !

Quelqu'un alluma et le jeune à pomme d'Adam saillante rejeta le drap et se redressa.

– Je suis une star, dit-il en descendant de la table en caleçon pour remettre prestement son jean et sa chemise.

– C'est ce qui s'appelle baiser à mort ! rit Odum.

– Une bien belle mort.

– D'où tu sors, toi ? (Tel un père indigné, il s'adressait à Randy, qui se tenait sur le seuil avec Dave, juste à côté des toilettes.) Et qu'est-ce que vous voulez ? (Là, c'était pour Dave. Il s'avança, moustache au vent, sa matraque se balançant à sa ceinture.) Bon Dieu ! j'essaie de mettre en boîte une saloperie de film à deux sous. (À Randy :) J'avais besoin de toi. (À Dave :) Mais de vous, non.

– Il m'emmène pas manger des hamburgers, lui. On va dans des restaurants avec des nappes, des serveurs en veste de velours, des menus où je comprends rien et des additions à cinquante dollars.

– Oui, mais est-ce de l'art ? rétorqua Odum. Je te donne la possibilité de jouer, d'exprimer tes émotions les plus intimes. Je t'offre l'immortalité, et toi tu me parles de bouffe.

– Moi, je veux vous parler de meurtre, dit Dave.

– Plus tard. Harold ? Junie ? Au lit. (Il alla dans le coin où se dressait le lit de cuivre devant son décor de papier peint.) Inspecteur Hardcock ? Placez-vous devant la fenêtre, je vous prie.

L'homme en tweed, sa pipe entre les dents, feuilleta son script.

– Page quarante ? « Sur son visage bouleversé se peignent la stupéfaction, le délice. Il ouvre de grands yeux et se pourlèche les lèvres » ?

– C'est moi qui ai écrit ça ? fit Odum. Magnifique !

Le couple de jeunes gens nus gagna le lit d'un pas harassé. Junie tendit la main vers l'édredon en velours or.

– Pas touche. Tu as froid, ou quoi ? Pas question de te couvrir, bon Dieu ! Tu ne fais pas ça par besoin d'amour et de chaleur humaine. Tu le fais pour la caméra. De toute façon, on n'a pas de draps.

– Radin, radin ! psalmodièrent le cameraman, le technicien son et l'accessoiriste.

– Baisse la caméra pour pouvoir les filmer pendant qu'ils se tortillent sensuellement, dit Odum. Et braque-la sur la tête de Hardcock à la fenêtre, OK ? (Il se retourna brusquement et se cogna à Dave qui l'avait suivi.) Qu'est-ce vous me disiez, alors ?

– D'abord, que vous m'avez menti concernant Charleen Sims. Vous l'avez engagée pour un film. Vous êtes en train de rédiger le scénario. Vous avez même une photo d'elle. Vous savez qui elle est et vous le saviez quand je suis venu la dernière fois. Où est-elle ?

– Je l'ai vue une fois, oui. En quoi c'est important ? Vous aviez l'air du genre à me causer des ennuis et j'ai pas besoin de ça.

– C'était important pour Gerald Dawson. Vous savez, celui qui s'est fait assassiner ? Et si vous me disiez ce que vous avez à voir exactement dans cette affaire ?

– Rien du tout, dit Odum. La fille a disparu ? Tant mieux. J'avais promis à Jack Fullbright de lui donner le premier rôle dans un film. Il m'a promis de me fournir de la pellicule et du matériel. Gratuitement. Il voulait se la faire. Je suppose que c'était le prix qu'elle avait fixé. Je n'y ai pas vu d'objection. J'avais en tête un petit porno lycéen. Ça marche très fort en ce moment. J'en ai assez de cette mentalité de ploucs. (Il fronça les sourcils sous la visière de son casque de bobby.) Vous avez demandé à Fullbright où elle est ?

– Il prétend ne l'avoir jamais vue ni rencontrée ni même connaître son nom.

– Quoi ? C'est lui qui l'a amenée ici. Qu'est-ce que c'est que ces conneries ? (Odum recula.) Oh, mais attendez ! Ce salaud. C'est lui qui vous a envoyé ici ce soir ?

– Vous voyez ? Vous avez quelque chose à y voir, finalement. Et pas qu'un peu. Où est-elle, Odum ?

– Non, je vous jure. Fullbright me l'a amenée, il m'a fait cette proposition, j'ai accepté et je ne l'ai jamais revue. Ça ne m'a pas surpris. Je lui avais demandé du temps, pour trouver des fonds. Et écrire le scénario.

– Elle ne couchait pas avec Fullbright, mais avec Dawson. Elle était avec lui quand il a été tué. Maintenant, qu'est-ce que vous savez de Dawson ?

– Que c'était un fanatique religieux.

Junie et Harold étaient assis côte à côte sur le lit, comme des gosses bien sages qui attendent l'heure du bain. Nus, ils paraissaient encore plus innocents que des enfants.

– C'est pas celui qui est venu lacérer les décors et tout balancer ? demanda-t-elle.

– Quand ça ? demanda Dave.

– Allez savoir... (Odum haussa ses grosses épaules rondes sous son costume de bobby.) Nous vivions dans un cloaque de vice et de corruption.

– Dont la puanteur incommodait les narines des honnêtes gens, continua Harold en allant chercher dans les toilettes deux cannettes de Coca. Un égout répugnant et empesté, une plaie purulente.

– Jésus allait venir avec son épée de feu, ajouta Junie.

– Mais pas de désinfectant ? fit Randy. On l'attend pour quand ? J'aimerais pouvoir me faire belle.

– Le type nous a pas donné de date, dit Junie pendant qu'Harold se rasseyait à côté d'elle et lui donnait son Coca.

– Une drôle de voix, ajouta Odum. Il aurait bien voulu rugir, mais plus il s'emportait, plus il piaillait.

– Vous ne pouviez pas l'empêcher ? demanda Dave.

– Spence a couru se planquer dans la camionnette, dit Harold.

– Je voulais avoir un point de vue différent, se justifia Odum. Il ne voulait pas qu'on utilise son matériel pour tourner des films cochons. Il a tout traîné dehors, lumières, caméras, tout le bataclan. Il balançait le tout dans le camion de chez Superstar qu'avait amené Fullbright. Ils se sont engueulés en beuglant et en se bousculant. Dawson n'arrêtait pas de proférer des menaces. La police, les impôts et je ne sais plus quoi encore. Fullbright avait l'air vraiment embêté. Dawson a claqué la portière et est parti.

– Pas un mot concernant Charleen ?

– Mais c'est une idée fixe, hein ? Dites, je peux tourner mon film, maintenant, s'il vous plaît ?

– Un plateau saccagé, ça a dû vous ralentir.

– Fullbright est revenu le lendemain matin. Avec le matériel. Il a déduit les dégâts de la facture et m'a donné du liquide pour couvrir les frais de location de studio supplémentaires. Il s'est excusé. J'ai cru qu'il était sincère. Et puis voilà que tout d'un coup, il essaie de me couler.

– Pas du tout, dit Dave. Il ne m'a jamais parlé de ses affaires avec vous. Il assure ne pas vous avoir vu depuis des semaines.

– C'est vrai. Et la fille non plus. Je n'ai rien à voir avec elle. Le seul genre de fille qui m'intéresse, c'est celles qui se révèlent être des garçons une fois déshabillées.

La phrase aurait pu paraître drôle. Elle l'était en l'occurrence, dans la bouche de ce symbole inébranlable de la loi et de l'ordre britanniques. Tout ce qui rattrapait la situation, c'était l'odeur de naphtaline qu'il dégageait.

– Fullbright, lui, s'intéressait à elle, ça je vous le certifie. Vous pouvez me dire que Dawson avait quelque chose à voir avec elle. Moi pas. C'est hors de question.

– Je ne sais toujours pas quel rôle jouait Full-bright, remarqua Dave. Mais celui de Dawson était de mourir. Tout comme le vôtre.

– Quoi ? (Odum pâlit. Il desserra la mentonnière de son casque de ses gros doigts tremblants et l'ôta. Ses cheveux crépus se hérissèrent de nouveau. Il tourna la tête et jeta un regard oblique à Dave.) Qu'est-ce que vous insinuez ?

– Qu'Herman Ludwig a été tué par erreur. Vous ne vous êtes jamais regardés dans une glace tous les deux ? Ce parking est sombre. Quelqu'un guettait dans l'obscurité avec un fusil. La même personne qui a tué Gerald Dawson. La même nuit. Il a vu un gros bonhomme hirsute dans les 50 ans sortir par cette porte, l'a pris pour vous et a fait sauter la cervelle d'Herman Ludwig.

– Non. (Odum se lécha la lèvre et déglutit.) C'étaient... bafouilla-t-il d'une voix rauque, c'étaient les... les communistes. Les Hongrois. Il en parlait tout le temps, il disait qu'ils le suivaient, qu'ils voulaient le tuer.

– La même nuit que Dawson ? Dawson, qui, comme vous, était un ami de Charleen Sims – si on peut user de ce terme ? Vous comprenez pourquoi j'ai une idée fixe ? Pourquoi il faut que je la retrouve ?

– Si on a essayé de me tuer sous prétexte que je fricotais avec elle, dit Spence Odum, on s'est trompé de bonhomme. Je vous jure que je ne l'ai vue qu'une seule fois, celle que je vous ai dit.

Il se détourna et se tut. Tout le monde resta

silencieux dans la grande salle. Il contempla les murs peints de couleurs différentes, le mannequin dans son fauteuil de barbier, les instruments de torture, le coffre à costumes constellé de pierreries et le sarcophage dans son coin. Comme s'il avait fait l'inventaire de sa vie. Il se retourna vers Dave.

– Pourquoi pas Fullbright, alors ?

– Je ferais sans doute bien d'aller lui demander.

19

La direction ne gaspillait pas d'argent pour éclairer le *Sea Spray Motel* la nuit. C'était une paire de sinistres boîtes rectangulaires dont les façades de plâtre s'élevaient de part et d'autre d'un parking goudronné.

L'escalier en bois trembla sous les pas de Dave. Arrivé en haut, il scruta les petites sphères en plastique blanc fixées au plafond. Les ampoules qu'elles cachaient devaient faire vingt watts. La galerie qu'il emprunta s'affaissait. La peinture bleu vif de la rambarde en bois s'écaillait. Tout comme le vernis de la porte du douze. Les rideaux tirés derrière la fenêtre aux montants en aluminium étaient bleus et blancs avec un motif d'ancres de marine. Il ne vit aucune lumière, mais l'épave qui tenait lieu de voiture à Delgado était garée en bas.

Dave frappa. Quelque part, un chien aboya. Rien ne bougea. Dave frappa de nouveau, plus fort. Une porte s'ouvrit un peu plus loin. Le bruit d'une télévision s'en échappa. La porte se referma. Dave frappa encore. Et fut récompensé par des grognements. Il entendit des pas lourds. La porte s'ouvrit d'un seul coup.

– Putain de bordel ! (Delgado cligna des yeux.) Oh, merde ! Dave ?

– Désolé. (Dave consulta sa montre. Il était 21 heures.) Tu dormais ?

– Ouais. Enfin, pas officiellement, essaya-t-il de plaisanter. Je… euh, je me suis assoupi devant la télé. (Il n'était plus aussi impeccable que le matin. Une tache orange s'étalait sur le devant de sa chemise blanche. Pizza ? Le jean que Dave lui avait prêté l'avant-veille était froissé.) Un souci ? Je peux faire quelque chose ?

– Tu as cru que je n'étais pas sincère.

Delgado empestait le whisky. L'air qui sortait de la chambre confinée empestait le whisky.

– Tu as cru que je payais ton loyer et que je t'envoyais balader. Pourquoi tu as pensé ça ?

– Tu disais que l'affaire était close. Tu as une maison à aménager. Tu as Amanda. Tu n'es pas obligé de travailler – sauf quand tu en as envie. Comment tu voulais que je sache quand tu aurais une autre affaire ? Je peux pas attendre une éternité.

– Ça te paraîtra une éternité quand tu dormiras sous des journaux dans l'entrée d'un immeuble d'un quartier malfamé.

– Ouais, bon, je m'arrête de boire quand je veux. Qu'est-ce qui s'est passé ? Finalement, c'est pas le fils le coupable ?

– Je ne sais pas ce qu'il a fait. Il faut que la fille

me le dise. Et je n'arrive toujours pas à la trouver. Odum ignore où elle est. Je vais aller voir quelqu'un qui le sait peut-être, je pense. La dernière fois, je lui ai fait un croche-pied et il s'est cassé le nez. Je vais vraiment être méchant avec lui, cette fois-ci. Et je me suis dit que ce serait bien de ne pas y aller seul. Et si curieux que ça puisse paraître, j'ai pensé à toi. Tu es à jeun ?

Delgado se retourna pour regarder quelque chose dans la chambre. La pendule ?

– Je me rappelle pas de grand-chose après les infos de 16 h 30. Ça fait quatre heures. Ouais, je dois être dégrisé. (Il baissa les yeux et frotta la tache.) Il faut que je me douche et que je me change. Tu peux attendre ? supplia-t-il de ses grands yeux bruns de chien battu.

– Tu me laisses entrer ?

– C'est le bordel, je te préviens. Une porcherie.

Il tourna les talons d'un air résigné et Dave le suivit. Le lit était défait. Des t-shirts, caleçons et chaussettes sales traînaient un peu partout. Dans la faible lumière de la lampe de chevet luisaient des boîtes de conserve ouvertes et à moitié vides – sardines, haricots, soupe – gisant éparses sur une table basse en verre aux pieds bleu vif. Une grande pizza dont une tranche avait été mangée pendouillait sur le dessus de la télévision. Une bouteille de whisky roula sous le pied de Dave. C'était une marque de supermarché bas de gamme. Elle alla tinter contre une autre tapie dans l'ombre.

– Je vais faire le plus vite possible, dit Delgado.

Il fouilla dans des sacs de blanchisserie rangés dans la commode bleu vif et passa dans la salle de bains.

Dans un placard de la kitchenette, Dave trouva un rouleau de sacs-poubelle verts. Il en secoua un pour le déplier et parcourut la chambre en ramassant un hamburger graillonneux, un hot-dog, des emballages de frites, poulet, boîtes à pizzas, barres chocolatées et tranches de pain sec à moitié mangées. Les deux cendriers débordaient. Il les vida dans le sac et y poussa de la main les mégots et les cendres répandus sur la table. Il y avait encore plus d'ordures dans la cuisine, à côté de l'évier, dessous. Il fourra tout cela dans le sac qu'il ficela avec le ruban en plastique jaune fourni et le déposa sur la galerie devant la porte.

Dans l'évier étaient entassés des assiettes incrustées de restes, des tasses avec un fond de café et des verres sales. Il finit par trouver une vieille boîte de détergent. Delgado allait peut-être sursauter en manquant d'eau chaude dans sa douche, mais il prit le risque. Il n'entendit pas crier – peut-être qu'il avait déjà fini. Ou bien la direction du *Sea Spray* était plus généreuse en eau qu'en électricité. Il dut fouiller un peu pour trouver l'égouttoir. Une araignée y avait élu domicile. Il ouvrit la fenêtre au-dessus de l'évier pour la laisser filer, rinça l'égouttoir et le posa sur le plan de travail avant de plonger les verres dans l'eau chaude savonneuse. Delgado laissa échapper un sifflement de surprise et accourut dans la kitchenette.

– Hé! tu étais pas obligé de t'atteler au ménage ni à la vaisselle. Pourquoi tu fais ça?

– Tu m'as bien préparé le petit déjeuner. Plus d'une fois. (Il secoua un torchon bleu et le lui tendit.) Tu peux essuyer, si ça te réconforte.

– Je n'ai jamais joué les ménagères pour toi.

– Je n'en ai pas besoin, dit Dave en déposant les verres sur l'égouttoir.

Delgado tendit la main. Dave l'arrêta.

– Tu ne sais pas jouer la ménagère. Il faut les rincer, avant. Marie t'a trop gâté. Et ta mère avant elle, sûrement. Attends un peu.

– Qui c'est, le type qu'on va voir?

Dave sortit une casserole et la remplit d'eau chaude qu'il versa sur les verres.

– Maintenant, tu peux essuyer. (Il reposa la casserole et reprit sa tâche.) Il s'appelle Fullbright. C'était l'associé de Dawson.

– Je les mets où?

– Sur l'étagère où tu les as trouvés en arrivant.

Delgado resta perplexe. Dave ouvrit un placard.

– Là. Ils seront faciles à atteindre.

– Tu renonces jamais, dit Delgado en rangeant un verre scintillant. Pourquoi tu lui as cassé le nez?

Dave lui raconta sa rencontre avec Fullbright.

– Peut-être qu'il a un fusil, suggéra Delgado. Tu n'as pas fouillé partout. Dawson l'a menacé de le dénoncer pour avoir détourné de l'argent et ne pas avoir déclaré ses revenus occultes aux impôts. Il aurait pu lui tordre le cou pour l'empêcher de parler, non ? Et pourquoi pas essayer d'éliminer Spence Odum quand il s'est rendu compte qu'il était au courant de leur querelle ?

– Parce que ça fait douze jours.

– Peut-être qu'il ne regarde pas les infos. Il a été surpris, quand tu lui as annoncé que c'était Ludwig qui était mort.

Dave posa les tasses ruisselantes de savon sur l'égouttoir.

– Il s'en serait rendu compte. (Il remplit à nouveau la casserole et les rinça.) Odum est brun, Ludwig était blond. Pour les confondre, c'était forcément quelqu'un qui ne les avait jamais vus ensemble ou qui n'avait jamais vu Ludwig du tout.

– Tu n'as pas pensé que c'était Charleen qui pouvait avoir tiré ? (Delgado tendit la main vers une tasse et la retira précipitamment.) Elle n'a vu Odum qu'une seule fois.

Dave empila soucoupes et assiettes dans l'évier.

– Elle ne pourrait pas briser la nuque d'un homme.

– Fullbright, oui. (Delgado saisit la tasse brûlante avec le torchon, l'essuya et l'accrocha à un clou dans la placard.) Ce n'est pas seulement que Dawson allait le dénoncer aux impôts et à la police. Tu oublies qu'il couchait avec Charleen avant Dawson.

– Je n'oublie rien du tout. Je me rappelle trop bien. C'est ça le problème.

– Tu n'es pas censé laver les couverts avant les assiettes ? Il me semble que Marie disait…

– Marie avait raison, dit Dave en s'emparant d'une pleine poignée de fourchettes, couteaux et cuillers qu'il plongea dans l'eau savonneuse. Il n'avait rien à voir avec des chevaux. Je ne crois pas qu'il a emporté ses dossiers pour m'empêcher d'alerter les Fédéraux. Il avait forcément une raison plausible. Ça, c'était franchement tiré par les cheveux.

Au bout de l'égouttoir était ménagé un casier pour les couverts. Il commença à les y déposer, leur bruit métallique ponctuant ses paroles.

– Ce dont il avait peur, c'était que je comprenne que Dawson, apprenant qu'il l'escroquait et était mouillé dans les pornos, avait réagi conformément à son caractère et que c'était donc pour Fullbright un motif suffisant de le tuer. (Il aspergea les couverts d'eau.) Ce qui ne veut pas dire qu'il l'ait effectivement tué.

– Ni qu'il ne l'a pas tué, remarqua Delgado en essuyant la dernière tasse. Il avait toutes sortes de mobiles : il avait peur de Dawson, il lui en voulait de lui avoir pris sa gamine ou simplement les poses de sainte-nitouche de Dawson le révoltaient. C'est vrai, quoi, les choses s'ajoutent les unes aux autres... (Delgado essuya un couteau.) On supporte, on supporte... (Il ouvrit un tiroir et y jeta le couteau.) Mais au bout d'un moment, c'est la goutte d'eau qui fait déborder le vase.

– Sauf que quand le vase déborde, qu'est-ce que tu fais ? (Dave posa les soucoupes sur l'égouttoir, puis il racla les assiettes. Il se tourna vers Delgado.) Toi, tu renonces et tu te mets à boire. Bucky, il perd la tête. Mais Fullbright ?

Il fit couler de l'eau chaude sur les assiettes. La mousse grasse souillée de sauce tomate s'accumulait sur les bords. À tâtons, il chercha le bouchon de l'évier et tira dessus. Il le rinça et le déposa sur l'égouttoir. L'eau s'écoula avec un bruit de succion. Il rinça l'évier. Puis il prit le torchon des mains de Delgado et s'essuya.

– Je ne suis pas assez bête pour parier sur le comportement humain, mais je vais le faire quand même, dit-il en étendant le torchon. Fullbright est mêlé à cette histoire jusqu'au cou, mais il n'a tué personne.

– Parfait, dit Delgado en regardant les assiettes fumantes sur l'égouttoir. On a fini ?

– Elles sécheront toutes seules. Allons-y.

20

La plupart des bateaux qui se balançaient le long de la jetée blanche étaient éteints, endormis. Ça et là, la lumière d'un hublot se reflétait dans l'eau noire. Mais seuls le clapotis des vaguelettes contre les coques et les piliers et le bruit sourd de leurs pas sur les planches se faisaient entendre, jusqu'au moment où ils parvinrent au bout du ponton. Voilà pourquoi Fullbright devait s'amarrer loin de ses voisins. La bruyante musique qui s'échappait du grand yacht blanc. Pas le genre sirupeux qu'avait entendu Dave à sa première visite. Là, c'était du rock. Il n'y avait pas la moindre lumière. Des silhouettes sombres étaient assises sous l'auvent du pont arrière. Les couleurs changeantes d'une télévision éclairaient leurs corps à demi nus. Des ados. Assis sur le banc rembourré sous la lisse, ils gloussaient et se passaient en murmurant une cigarette roulée. Quand Dave et Delgado montèrent un bord, un blond se leva et les arrêta.

– Accès interdit, dit-il. Soirée privée.

Ses sourcils décolorés, son bronzage et ses

muscles trahissaient le maître nageur, l'accro du surf, le bellâtre de plage – ou les trois à la fois. Il dégageait une odeur de soleil. Il était plus grand et plus costaud que Dave et tenait une bouteille de vin. Son ample bermuda de surf pendait bas sur les hanches et il avait du mal à tenir debout.

– Veuillez partir.

– C'est urgent, insista Dave. Dites à Jack Full-bright que Dave Brandstetter veut le voir. Il acceptera de me parler.

– On n'est plus aux horaires de bureau.

– Je ne vous ai pas demandé l'heure. Allez dire à Jack Fullbright que je suis là, s'il vous plaît.

Le jeune type se tourna et posa la bouteille de vin sur une table basse ronde avec d'autres bouteilles, saladiers de chips et bols de sauces largement entamés.

– Je pourrais vous casser le bras.

– Si vous voulez qu'on se la joue film policier, dit Dave, mon ami porte une arme et vous tirera dans la rotule si vous faites le malin.

Le garçon cligna de ses longs cils blancs vers Delgado qui lui lança un regard noir en portant une main à sa poche intérieure de veste.

– Il rigole pas, déclara-t-il au blond.

Une fille en blouson Levi's blanc et Bikini se leva et prit le garçon par le bras.

– Viens t'asseoir, Ricky.

– Qu'il montre le flingue, lança une voix d'homme dans la pénombre.

– Ouais, on voudrait bien le voir, dit une autre.

Delgado sortit le revolver, le montra et le rangea.

– Il nous a dit de laisser descendre personne, expliqua le blond à Dave. On peut même pas y aller nous-mêmes. Si on veut pisser, c'est par-dessus bord, voyez ? Il a des invités, il est très occupé et veut pas qu'on le dérange.

Dave s'avança, souleva les panneaux de l'écoutille et écarta les doubles portes vernies. La lumière jaune d'une des lanternes de la cabine faisait luire les marches de teck et la balustrade en laiton.

– Je préférerais que vous n'entriez pas, dit le blond. Il va me mettre des coups de pied au cul.

– Il t'a déjà sûrement mis autre chose, lâcha Delgado.

– Là, c'était sexiste ! fit Dave.

Les jeunes gens ramassaient leurs affaires et s'apprêtaient à partir.

– Ne filez pas comme ça. C'est votre ami. Il vous fournit l'alcool et l'herbe. Ne le laissez pas tomber quand il a besoin de vous.

Un couple s'en alla quand même. Les autres restèrent, indécis, leur regard allant de Dave à Delgado, puis des uns aux autres.

– OK, dit celui qui s'appelait Ricky. De quoi il s'agit ? Vous êtes qui ?

– Des détectives privés, dit Dave. On travaille pour la compagnie auprès de laquelle l'associé de Jack Fullbright avait souscrit une assurance-vie. Il a été assassiné. C'est grave, non ? Alors vous allez rester, n'est-ce pas ?

Ils marmonnèrent, hésitèrent et finirent par se

rasseoir les uns après les autres. Dave descendit l'échelle. Arrivé en bas, il s'immobilisa et Delgado se cogna à lui.

– Sexiste ou pas, j'avais raison, dit-il en tendant le bras.

Par la porte ouverte qui séparait la chambre de la cabine avec les canapés en cuir, le bar et la chaîne, Dave put voir des jambes nues qui gigotaient joyeusement. Ces minces jambes épilées se mêlaient à des jambes poilues et musclées. En bas, la musique était très forte. Dave alla l'éteindre. Dans la chambre, un garçon du même genre que Ricky, longs cheveux blonds dans les yeux, s'affala par terre entre les lits. Il resta allongé sur le dos en riant. Il était nu. Une fille nue se laissa tomber sur lui. C'était Ribbons. Ils commencèrent à lutter – à moins que ce ne fût autre chose –, puis la voix de Jack Fullbright s'éleva brusquement :

– Attendez un peu. Fermez-la, OK ? Il y a quelque chose qui cloche.

Il enjamba les deux corps qui s'étaient immobilisés et apparut dans l'embrasure. Il ne portait rien du tout non plus, évidemment, à part une petite chaîne en argent au cou et sur le nez un pansement maintenu par un gros sparadrap qui allait jusqu'aux pommettes. Tout autour, la chair découverte était violacée et tuméfiée. Il pouvait à peine ouvrir les paupières. Une étincelle mauvaise flamboya dans ses yeux.

– Qu'est-ce que c'est que ce bordel ? Vous voulez quoi ?

Il attrapa derrière la porte un peignoir blanc en éponge. Entre ses jambes, Ribbons fixait Dave et Delgado d'un air stupéfait. Tout comme le blond.

Sa tête rejetée en arrière rendait son expression inquiète particulièrement comique. Fullbright sortit de la cabine et ferma la porte en enfilant le peignoir qui lui arrivait jusqu'aux pieds, sans rabattre la capuche. Dave suivait chacun de ses gestes. Ils étaient lents. Il devait être bourré d'analgésiques. Sans quoi, il n'aurait sûrement pas pu s'envoyer en l'air comme ça, le lendemain du jour où il s'était fracassé le nez sur l'échelle. Les cachets avaient dû diminuer ses capacités, mais Dave pensa qu'il lui avait fallu du temps, de la diplomatie et de la chance pour organiser sa petite soirée. Il aurait fallu que Fullbright soit au moins dans le coma pour l'annuler.

– Toujours la même chose, dit Dave. Savoir où se trouve Charleen. Vous m'avez menti, l'autre jour. Vous la connaissiez. Vous avez demandé à Spence Odum de la faire tourner. Apparemment, le prix que ça allait vous coûter ne vous embêtait pas. Vous teniez à elle. Alors, où est-elle, Fullbright ?

Derrière la porte, ils entendirent un bruit sourd. Quelqu'un venait de rater une marche. Dave jeta un regard à Delgado qui écarta Fullbright, ouvrit la porte d'un geste vif et se rua dans la chambre. Il eut le temps d'apercevoir les jambes nues du garçon disparaître sur l'échelle à l'autre bout de la cabine. Delgado s'était emparé de Ribbons. Elle n'avait encore enfilé que son jean. Elle se débattit en poussant de petits cris étouffés, effrayés et indignés. De ses petits poings veinés de bleu, elle tenta de frapper Delgado. Ils perçurent un bruit de plongeon. Le garçon avait dû se jeter à l'eau depuis la proue.

– J'aimerais bien connaître la vérité, cette fois, dit Dave.

Fullbright ne répondit pas. Il regardait Delgado traîner une Ribbons, qui se débattait en geignant, et l'asseoir de force sur le canapé. Elle croisa les bras sur ses petits seins, fit la moue et lui lança un regard noir à travers ses cheveux défaits.

– Je vais finir par vous la dire, fit Fullbright en se laissant tomber, écœuré, sur le canapé en face d'elle. Sinon, vous allez me coller les mœurs sur le dos.

– Vous n'êtes pas très psychologue, répondit Dave.

Il plongea la main dans sa poche et en sortit la liasse de factures qu'il avait emportées lors de sa dernière visite. Il les brandit sous le nez de Fullbright.

– Et je l'obtiendrai en vous proposant de vous rendre tout ça.

– Ou bien vous allez les montrer aux impôts.

– Et à la police, au procureur et à quiconque ne voit pas d'un bon œil une histoire de vol, d'escroquerie et de détournement de fonds. Sans parler de meurtre.

Fullbright ferma les yeux, secoua la tête, grogna, s'affala sur le divan, les épaules affaissées.

226

– Je ne l'ai pas tué. J'en avais bien envie, mais je ne l'ai pas fait. J'ai trouvé une autre solution.

– J'ai froid, dit Ribbons.

– Pour le faire taire et renoncer quand il a découvert que vous louiez du matériel à des pornographes sans même lui donner sa part des bénéfices.

– Ce n'était pas l'argent, marmonna Fullbright. C'était le péché. Il était prêt à m'anéantir.

Dave s'avança et le secoua.

– Ne vous endormez pas. Et expliquez-moi ça. (Il lui mit sous le nez la photo floue de Charleen posant lubriquement sur un lit dans un motel. Les paupières enflées s'ouvrirent un instant et se refermèrent.) C'est vous qui l'avez prise, n'est-ce pas ? Ne me dites pas pourquoi, laissez-moi deviner. Dawson était avec elle.

Fullbright hocha lentement la tête. Sa voix était presque inaudible.

– Vous savez déjà tout. Pourquoi vous me demandez ? (Il leva péniblement la main et la porta prudemment au pansement sur son nez.) Laissez-moi tranquille, OK ?

– J'ai froid, geignit Ribbons.

Delgado alla dans la chambre et rapporta un pull irlandais. Elle l'enfila. Il devait appartenir au garçon ou à Fullbright, car il était trop grand pour elle. Elle se pelotonna dedans avec une moue boudeuse et furibarde.

– Me remercie pas, surtout ! fit Delgado.

– Je l'ai trouvé un soir au bureau en train de

regarder des magazines alors qu'il me croyait rentré. J'étais revenu en pensant avoir oublié quelque chose. C'étaient des photos de petites filles nues. (Il eut une sorte de rire désenchanté.) Il les a aussitôt planquées et j'ai fait semblant de n'avoir rien remarqué. Mais ça m'a vraiment choqué. (Il regarda brièvement Dave et referma les yeux.) Je croyais vraiment que ce salaud était bien ce qu'il prétendait. Jusqu'à ce moment-là.

– Et lui a pensé que vous le croyiez toujours, quand il est allé tout démolir au studio de Spence Odum et récupérer le matériel de Superstar Rentals. En menaçant de vous virer.

Fullbright hocha la tête, encore plus lentement.

– Va avec Mr Delgado faire du café, s'il te plaît, demanda Dave à Ribbons. Et que ça saute, comme on dit dans la marine.

Ribbons ne donnant pas l'impression de vouloir obéir, Delgado la mit debout et la poussa dans la cabine.

Dave ne regarda pas où ils allaient.

– Vous vous faisiez déjà Charleen, à l'époque, hein ? Où vous l'aviez trouvée ?

– Vous m'avez défiguré, dit Fullbright. Ça me fait un mal de chien. Je suis bourré de cachets. Je peux pas continuer. Je sais même pas quoi vous répondre.

– La vérité, par exemple.

Fullbright prit une profonde inspiration et se redressa un peu.

– Je l'ai trouvée dans une boîte de Sunset qui

s'appelle le *Strip Joint*. Les jeunes qui y vont dansent, boivent des sodas et couchent pour du fric, de l'herbe, de la coke, une audition ou tout ce qu'on veut bien leur promettre.

– Et vous, vous louez du matériel aux cinéastes. Donc vous avez des relations avec les producteurs. Elle a cru que grâce à vous, elle pourrait faire du cinéma.

– Et puis j'ai un yacht. Elle n'était jamais montée sur un bateau. Elle trouvait ça plein de glamour, sauf que si je sortais au large, elle avait le mal de mer et si on restait à quai elle s'ennuyait. (Sa voix faiblit. Il poussa un long soupir et secoua la tête. Il avait du mal à la tenir droite.) Elle allait me quitter. C'est alors que Jerry a découvert mes dossiers personnels et est allé tout démolir au studio d'Odum, etc.

Fullbright ferma les yeux et frissonna, plié en deux dans son grand peignoir. Il en tira comme il put la capuche de travers sur ses cheveux ébouriffés.

– Faut que je dorme. Je tiens pas le coup.

– Le café arrive, dit Dave. Donc, vous avez obtenu d'Odum la promesse de la faire tourner dans un film en lui proposant de lui fournir le matériel gratuitement. Et en échange, vous avez convaincu Charleen de séduire Dawson – vous vous souveniez des gamines maigrichonnes qu'il trouvait si attirantes dans les magazines, n'est-ce pas ? Et vous vous êtes posté à la fenêtre du motel pour prendre des photos que Dawson n'aurait pas

aimé voir publiées dans le bulletin de l'église.
(Dave se pencha et toucha le tiroir sous le divan.)
Grâce à l'un des appareils que vous avez ici.

– La plupart des gens, dit Fullbright d'une voix
somnolente, se rendent pas compte qu'on peut les
prendre en photo dans le noir. (Il rit tout bas,
ouvrit les yeux du mieux qu'il put et regarda
Dave.) Il est devenu accro à Charleen. Il en avait
jamais assez – même quand il a su qu'elle avait
accepté de le piéger pour moi. Tout ce qui comp-
tait, c'était coucher avec Charleen. Il avait passé
toute sa vie à désirer des lycéennes, des… comment on dit ? des nymphettes, c'est ça ?

– Et à se retenir de poser la main sur elles.

– Ouais, bon… (Fullbright referma les yeux et
son menton retomba sur sa poitrine.) Il aurait cédé
à un moment ou à un autre. Parce que là, quand il
a craqué, il a craqué à fond.

Delgado revint avec une grosse tasse japonaise
en céramique. Il traînait Ribbons par la main. Dave
prit la tasse tandis que Ribbons et Delgado se ras-
seyaient sur le divan. Rick était sur l'échelle. Silencieux. Il se contentait de les regarder, l'air inquiet.

– Buvez-en un peu, conseilla Dave à Fullbright.

C'était à croire qu'il fallait toujours qu'il joue les
infirmières avec lui. Il porta la tasse à ses lèvres.
Fullbright tourna vivement la tête.

– J'en veux pas. Il y a rien d'autre à raconter.

– Où est allée Charleen après la mort de Dawson ?

– Je l'ai jamais revue. (D'une main qui semblait

peser des tonnes, il essaya de repousser la tasse.) Je vous jure. Croyez ce que vous voulez, faites ce que vous voulez. Je l'ai jamais revue.

– Vous vouliez emporter ces dossiers au large et les balancer par-dessus bord. Vous en avez fait autant avec Charleen ? Elle était témoin du meurtre de Dawson, n'est-ce pas ? Vous deviez vous débarrasser d'elle.

– Non, je l'ai pas tué. (Il se frotta le front.) C'était quelle nuit ?

Dave lui donna la date.

– Entre 22 heures et minuit.

– J'étais ici. Je suis passé prendre un film chez Cascade après le boulot et je l'ai apporté directement ici. Vous pouvez consulter leurs dossiers. (Il prit la tasse comme un somnambule et souffla dessus. Il but une petite gorgée et frémit.) Bandant. C'était *Deep Throat*. (Il leva un index. Un écran de cinéma déroulant était accroché au plafond.) Le projecteur est là-bas. (Il se tourna vers l'échelle et vit Ricky.) Qu'est-ce qu'il y a ?

– J'étais là aussi ce soir-là. Jude et Pepe aussi. (Il se retourna et cria vers le pont.) Hé ! *Deep Throat*. Vous vous rappelez quand Jack l'a passé ?

Jude était la fille qui portait un blouson Levi's et pas grand-chose d'autre. Pepe était un brun un peu gros. Il mâchouillait, une trace blanche au coin des lèvres. Jude calcula la date du meurtre de Gerald R. Dawson.

– C'était un lundi, dit-elle. Je m'en souviens parce que j'ai un cours de tennis le soir avec mon horrible petit frère. Croyez-moi, j'ai annulé quand j'ai su ce qu'on passait.

– Ouais. (Pepe se frotta l'entrejambe avec un petit sourire.) Jusqu'au bout. ¡ *Es verdad* !

Jude écarquilla les yeux.

– Mais *comment* elle y arrive ? demanda-t-elle à Dave.

Ribbons, blottie dans le gros pull sur le divan, faisait toujours la tête.

– Tu as jamais entendu parler des effets spéciaux ? (Elle gloussa.) Des trucages ?

Les jeunes sur l'échelle se mirent à rire.

21

Une voiture qu'il ne connaissait pas était garée dans le noir près des tas de sacs de ciment, de sable et de bois devant les portes-fenêtres. Il entra dans la cour. La salle d'escrime était allumée. Un inconnu s'y trouvait. Il était assis sur le lit, le téléphone posé par terre et l'appareil collé à l'oreille, sous la lumière crue de l'ampoule nue de deux cents watts pendant du plafond. Dave resta sous les vrilles et les fleurs blanches des plantes grimpantes de la cour et l'observa par la porte ouverte. Il était de trois quarts, mais il semblait jeune et mince. Il portait un costume en jersey marron et des souliers luisants. Ses cheveux bruns étaient coupés style années 30, bien nets, la dernière mode. Dave crut reconnaître sa voix. Il entra et s'approcha du lit.

Randy Van leva la tête en souriant. Il ramassa le téléphone, et le tendit à Dave. Interdit, Dave le prit machinalement. Il n'y avait pas la moindre trace de maquillage. Ni de vernis à ongles.

– Brandstetter, j'écoute.

– Les échantillons de terre sur le sol du placard de l'appartement trente-six, dit Salazar, correspondent à ce qu'on a trouvé sur les vêtements du défunt, Gerald R. Dawson.

– Super ! Autre chose ?

– Des tas d'empreintes. Dieu sait combien de temps ça va nous prendre pour les trier et les identifier. Votre témoin, Cowan, m'a dit qu'elle amenait ses clients. Elle devait pas mal bosser. En tout cas, elle était suffisamment occupée pour jamais faire le ménage. Mais il n'a pas été tué là-bas, Brandstetter. Quand on brise une nuque…

– Les muscles qui contrôlent la vessie et les intestins se relâchent. Je sais. Je sais aussi que ce n'est pas toujours le cas. Seulement presque toujours.

– Presque, ça me suffit, dit Salazar. J'ai pas envie de récupérer cette affaire et je ne la récupère pas.

– Quittez pas.

Dave posa la main sur l'appareil. Randy était en train de fouiner dans la pile de disques par terre.

– Depuis combien de temps tu es là ? demanda Dave. D'autres coups de fil ?

– Environ une heure. Oui. Un certain lieutenant Barker de la LAPD. Il a le rapport du labo où on a porté l'enveloppe de chez Karen. Ils l'ont appelé, comme tu as demandé.

– Il t'a répété ce qu'ils lui ont dit ?

Randy hocha la tête en examinant une caricature en couleur de Mozart tenant un maillet de croquet.

– C'est du granit décomposé. Ça ne correspond pas. L'autre était de la terre composée d'alluvions. (Il leva les yeux vers Dave.) Il va en parler au procureur.

– Merci. Tu as beaucoup d'allure.

– Je me trouve ridicule dans ces vêtements. Ça signifie que le type aux chevaux sortira de prison ?

– C'est bien ça. Si on buvait pour fêter ça ? La cuisine est par là-bas.

Randy se releva et déposa un baiser sur les lèvres de Dave.

– Tu es un type bien, murmura-t-il en s'éloignant.

Sans onduler des hanches.

Salazar sifflait dans le téléphone. Dave enleva sa main.

– Excusez-moi. (Il l'informa de l'échantillon recueilli chez Tooker à Topanga, de l'analyse du labo et de la décision de Barker.) Maintenant, je peux lui demander ou vous le demander, mais il va falloir que quelqu'un le fasse.

– Fasse quoi ?

– Analyser les semelles des chaussures de Bucky.

– Pour voir si ce qu'on trouve correspond à l'échantillon du placard ? Vous savez, je sais pas comment un simple déjeuner avec un mec peut avoir un tel résultat, mais je commence à penser comme vous. Sauf que ça n'a rien donné. J'ai déjà fait faire l'analyse. Négatif. J'ai même montré le gosse à Cowan et il n'en était plus très sûr. Il dit que Bucky a l'air plus petit. Mais peut-être que c'était la lumière. Il faisait nuit.

– Là aussi. Je ne sais pas. Bon sang! je ne sais pas.

Il s'assit sur le lit en faisant la moue et en se mordillant la lèvre. Salazar lui demanda s'il était toujours là.

– Je ne sais pas où je suis, dit Dave. Écoutez, merci pour tout. Je suis désolé de vous avoir donné tant de mal. Je vous remercie de votre coopération et de votre aide.

– Hésitez pas à redemander.

– Quelqu'un a tué ce type.

– Ni la veuve ni l'orphelin. Rédigez leur chèque et laissez tomber.

– Bien sûr… (Dave n'écoutait pas. Il pensait à la taille de Bucky.) Vous allez encore rester au bureau un moment?

– J'en suis déjà à ma cinquième heure supplémentaire. Je rentre me coucher.

– Et le bureau des objets trouvés? Vous pourriez les prévenir que je…

– Neuf heures – 17 heures, Brandstetter. Le mec qui bosse là-bas a des horaires normaux, lui!

– À demain matin, dit Dave.

Il raccrocha. Randy revenait avec des verres qui semblaient contenir du scotch sur glace. Il en tendit un à Dave.

– Ça veut dire qu'on a toute la nuit?

– J'ai quelque chose à faire avant l'aube.

– En dehors de ce que tu vas faire ici?

– Une fois que je l'aurai fait, dit Dave. Tu sais, tu devrais te déguiser comme ça plus souvent.

Ce n'était pas l'aube. C'était après. Mais le vieux Noir en uniforme brun de vigile était bien droit et réveillé dans sa vieille Corvair bleu passé garée près de la rampe du parking de la résidence de Sylvia Katzman. La rue était très pentue et le pneu avant droit fatigué était braqué contre le trottoir. Dave passa en première et monta la colline. Il se perdit dans les rues étroites et sinueuses qui se ressemblaient toutes, mais il finit par trouver l'endroit qu'il cherchait, se gara et descendit. C'était là que le bas du grillage de la clôture avait été découpé et les bords relevés. Il se baissa pour regarder. En face, on apercevait les fenêtres des cuisines du dernier étage. Celle du trente-six était encore ouverte, telle qu'il l'avait laissée lors de sa première visite.

D'ici, il était évident que quelqu'un avait gravi le talus. Les rayons obliques du soleil matinal, qui promettait une chaleur écrasante, faisaient apparaître les traces de grosses chaussures. Et de quelque chose de lourd qu'on y avait traîné. Il retourna à la Triumph et se perdit de nouveau en redescendant vers la Corvair. Le vieux était en train de boire du café dans le gobelet en plastique rouge de son Thermos.

– Oui, dit-il pensivement. J'ai bien vu un bahut dans ce genre. Très haut, avec des grosses roues. Un 4 x 4, sûrement. Il faisait beaucoup de bruit, très puissant.

– Avec des machines sur le plateau arrière ? demanda Dave.

– Oh, oui ! (Le vieillard tendit la main vers la boîte à gants maintenue fermée par un système de gros élastiques et les défit de ses doigts déformés par l'arthrite.) J'ai des tasses là-dedans. (Le couvercle du compartiment s'ouvrit.) Vous voulez peut-être un petit peu de café ? C'est bien bon dès le matin.

Il en sortit une des six et la remplit précautionneusement. Ses gestes étaient lents et méticuleux. Il tendit la tasse par la vitre.

– C'était une foreuse pour les poteaux télégraphiques. (Il reboucha le Thermos, rangea les tasses dans la boîte à gants et rajusta les élastiques.) Et devant, il avait un système de fixation, probablement pour un rouleau, pour aplanir les routes, voyez ?

– Il est bon, ce café, dit Dave. Merci. Quand avez-vous vu ce 4 x 4 ?

– Il était garé par là-haut. (Le vieillard leva lentement le pouce par-dessus son épaule.) Je monte jusque-là pour faire demi-tour et revenir me garer ici. C'est une bonne vieille bagnole, mais elle est plus très puissante en marche arrière. Il y a deux semaines ? (Il plissa son front déjà considérablement ridé.) Pas tout à fait.

– Il était là quand vous êtes arrivé ? Ce qui ferait… 19 heures ?

– Exactement. (Le vieux Noir but son café en fixant pensivement le paysage à travers le pare-

brise. Puis il secoua la tête.) Non, c'était pas la première fois. La première, c'était le dimanche, la
veille. Très tôt. Je m'apprêtais à partir. Un type à
barbe noire en est descendu. Il arrivait pas à entrer
dans l'immeuble. Il faut que les locataires sachent
quand vous venez pour descendre vous ouvrir.

– Qui est descendu ? Qui lui a ouvert ?

– Il est peut-être jamais entré. Il était encore
devant quand je suis parti. Il avait un chapeau de
cow-boy. (Il fixa Dave.) Vous savez quoi ? Le lundi
où j'ai vu cet engin là-haut, c'est à propos de ce
jour-là qu'ils m'ont interrogé. La police. Le shérif.
Qui était entré et sorti ce soir-là. Oui, monsieur ! Ils
m'ont tous posé des questions sur ce soir-là. (Il
esquissa un petit sourire las.) Mais ils m'ont jamais
parlé du 4 x 4. Vous êtes le premier. Et le seul.

– Mais vous n'avez pas vu le barbu dedans ?

– Il était vide. Mais plus tard, j'ai aperçu quelqu'un. Il devait être pas loin de minuit. Il est sorti
et il est passé si près que j'aurais pu le toucher en
tendant la main. Il est monté dedans, il a claqué la
portière et il est grimpé jusqu'en haut, comme
vous venez de faire.

– Seul ? Pas avec une petite blonde maigrichonne ?

– Seul. (Il prit une gorgée de café et réfléchit.)
Vous voulez savoir pourquoi je m'en souviens ?
Pourquoi j'ai fait attention ? Quand il est monté
dans son 4 x 4 et qu'il est reparti ?

– Oui, pourquoi donc ?

– Parce qu'il était plus pareil sans sa barbe.

– Je parierais sur un portefeuille, dit Dave. Presque certainement un sac, peut-être un modèle de l'armée ou de la marine. Et des vêtements – de travail, Levi's, pantalon en toile, chaussures de chantier, peut-être des santiags. Des sous-vêtements, probablement sales, étant donné qu'il ne connaissait pas son chemin.

Le jeune mec brun en uniforme continuait à retirer des cartons et des paquets des étagères métalliques. Dave et lui en examinaient le contenu. Comme Dave secouait la tête, le jeune remit le tout en place.

– Vous savez, dit-il, une fois que je serai passé inspecteur, je démissionnerai et je ferai comme vous.

– Je ne leur répéterai pas, plaisanta Dave. Vous feriez mieux d'y réfléchir à deux fois.

Le jeune devait avoir la vingtaine. Il était brun, la peau lisse et rosée.

– Quand le temps aura passé, vous changerez d'avis. (Une date griffonnée au feutre sur un carton attira son attention.) Regardons dans celui-là.

– Je ne changerai pas d'avis, assura le jeune en lui tendant le carton. J'ai lu des articles sur vous. Et je vous ai vu à la télé dans *Tomorrow*. Je veux faire la même chose que vous.

– Apparaître dans les magazines ? Passer à la télévision ? Il m'a fallu vingt ans pour en arriver là. Vous savez ce que ça veut dire ?

Il fouilla dans les t-shirts et caleçons sales du

carton. Les chaussettes montantes raides de crasse et de sueur. Ni bottes ni chaussures. Mais il trouva un portefeuille aux coutures brodées de cuir et orné d'une croix entrelacée de lis. Il était vide. Un pantalon incrusté de terre était plié. Il le souleva.

– Ça veut dire que le meilleur est déjà derrière vous, poursuivit Dave. (Une bâche en toile chiffonnée. Un sac d'ordonnance. US ARMY. Il le sortit et l'ouvrit. L'album était dedans. Il s'en empara.) Tout comme les comédiens usés dans les jeux télévisés.

– Vous n'avez pas l'air usé, dit le gamin. Vous avez trouvé ce que vous vouliez ?

Dave hocha la tête. Le jeune remit le carton sur l'étagère.

– Avant de vous retrouver dans les magazines et à la télé, la majeure partie de ce qu'a été votre vie vous paraît ennuyeuse.

– Ce n'est pas l'impression que vous donniez à la télé.

– On ne parle jamais des choses ennuyeuses. (La couverture de l'album au format 20 x 24, peu épais mais lourd, était toilée, bleue, avec des dorures effacées. ESTACA HIGH SCHOOL 1977.) Naturellement, continua Dave, les gens qui regardent *Tomorrow* dorment à moitié. Ils ne veulent entendre que le sensationnel. C'est pareil pour ceux qui lisent les magazines.

Il feuilleta les pages glacées. Une équipe de volleyeuses sous des eucalyptus, devant un paysage de montagnes. Une équipe de football, gros rembourrages d'épaules, poignets osseux. La chorale en surplis. Des rangées de petites photos carrées de visages, souriants, pas souriants, insolents, effrayés, déterminés, abattus, avec appareil dentaire, acné, lunettes, beauté parfaite. Première, deuxième, troisième années. Charleen Sims le regardait. Il vérifia la page de garde. *Charleen Sims,* au stylo-bille bleu pâle, puis *Charleen Tackaberry* en bleu foncé, puis *Mrs Billy Jim Tackaberry, 456 Fourth St., Estaca, California.* Elle faisait des ronds en guise de points sur les *i*. Dave lui rendit l'album.

– Estaca, ça vous dit quelque chose ? Vous savez où c'est ?

– Ça signifie « piquet » en espagnol. (Il sortit le carton, y lâcha le livre et le repoussa sur l'étagère.) Alors ça a peut-être un rapport avec des vignes, non ? La région viticole ? La vallée de San Joaquin ?

– Vous devriez passer inspecteur rapidement, dit Dave.

– Je peux me tromper, répondit le jeune.

22

Il ne s'était pas trompé. Et ce n'était pas tout
près. C'est à la nuit tombée que Dave arriva dans
une large rue principale avec de hauts trottoirs et
des magasins à façades en ciment ou en vieilles
briques étroites dont la plupart des vitrines étaient
éteintes. De temps à autres, un néon annonçait
QUINCAILLERIE en bleu, JOHN DEERE en jaune ou
ROBES en rose. Trois ou quatre lampadaires très
espacés, aux poteaux argentés tout neufs, éclairaient la rue. Des feux de circulation solitaires suspendus très haut à leur câble oscillaient dans un
vent chaud qui allait probablement souffler toute
la nuit. Ils passèrent au vert, puis à l'orange, puis
de nouveau au rouge, mais il n'y avait pas âme qui
vive pour s'en soucier. Tout Estaca ou presque était
chez soi à dîner devant la télévision.

Une jeune femme aux grosses hanches boudi-
nées dans un jean, un foulard noué dans les cheveux, sortit sur le seuil d'un magasin à la vitrine
illuminée. Elle ouvrit la portière d'un pick-up, y
déposa un sac en kraft dont la forme carrée trahis-

sait un carton de canettes de bière et monta. Vente
à Emporter, disait l'enseigne. En d'autres termes,
à Estaca, on ne pouvait pas consommer dans un
bar. Si on voulait de l'alcool, il fallait l'acheter ici et
aller le boire ou on pouvait. Le pick-up s'éloigna
en brinquebalant. Dave gara la Triumph à sa place,
en épi face au trottoir, en descendit péniblement et
s'étira. Ce n'était pas une voiture faite pour les
longs trajets.

– Toute neuve, hein? dit l'homme du magasin
d'alcools. (Il était gros. Le t-shirt tendu par son
énorme bedaine portait une grappe de raisin vio-
lette encerclée par la marque en lettres fantaisie :
Vins de Californie. Il avait les cheveux rasés sur
les tempes et en brosse sur le dessus.) Elle doit
avoir de la reprise.

– C'est drôle que dans une région viticole on ne
puisse pas boire dans un bar, dit Dave. (Il lorgna
les bouteilles alignées sur les étagères derrière le
gros. Il n'allait pas trouver de Glenlivet, ici.) Et les
restaurants? Ils ont une dispense?

– Pour le vin seulement. Elle est quoi? Alle-
mande, italienne, japonaise? Non, pas japonaise.
C'est drôle, quand on y repense. Quand j'étais
gosse, il fallait tous les tuer. Et maintenant tout le
monde achète leurs voitures. Les gens oublient tout.

– Ceux qui le peuvent. Non, c'est une anglaise.

– Vous, vous avez pas oublié, apparemment.
C'étaient nos alliés. Vous étiez là-bas pendant la
guerre? (Son sourire lubrique découvrit des dents
jaunies par le tabac.) Mince, leurs black-out, c'était

quelque chose. Il pouvait arriver n'importe quoi dans le noir. Des filles dans toutes les entrées d'immeubles, dans la moindre impasse. Pas besoin de savoir où on était. Partout il suffisait qu'elles entendent votre accent américain et elles vous baissaient votre braguette. Vous y étiez pas, hein ?

Sur un présentoir circulaire étaient rangés des cocktails tout préparés. Il en prit deux qui prétendaient être des Martini-gin. Les bouteilles étaient couvertes de poussière. Cette gamme-là n'enrichissait pas le gros type d'Estaca.

– Je suis juste passé, dit Dave. En allant en Allemagne.

Derrière les rayons de pain, biscuits apéritifs et chips, de grandes vitrines réfrigérées abritaient des cannettes et des bouteilles de bière, des cartons de lait et des fromages sous Cellophane. Des crèmes et des yaourts glacés étaient entassés dans un bac congélateur aux portes coulissantes en verre couvertes de givre.

– Je serai paré si vous avez des gobelets. (Il posa les petites bouteilles sur le comptoir près de la caisse, des étuis de bœuf séché et des joyeux sachets en plastique jaune de bâtonnets au fromage, chips de maïs et cacahuètes à moitié vides.) Des gobelets en carton ou en plastique, non ?

– Vous avez l'intention de faire la fête ?

– Tout seul, dit Dave en regardant le gros bonhomme se dandiner pour aller chercher un long étui de gobelets emboîtés. Il faut que je les achète tous ?

– Pas forcément. (L'homme défit l'élastique à

l'extrémité et en sortit une demi-douzaine.) Ça ira ? Je veux que ça fasse un compte rond.

Dave hocha la tête. L'homme tapa sur sa caisse.

– Dans l'armée ?

– L'espionnage.

– Moi, c'étaient les Marines.

Dave paya la somme qu'il lui annonçait. L'homme rangea les billets dans les cases métalliques grises de la caisse et lui rendit la monnaie.

– Peut-être que dans trente ans, ils achèteront des voitures vietnamiennes.

– Il y a beaucoup de gens d'ici qui y sont allés ? demanda Dave en empochant la monnaie et en prenant le sac où l'homme avait placé bouteilles, gobelets et glaçons.

– On n'est pas une région d'étudiants.

– Vous en connaîtriez un qui s'appelle Tacka-berry, Billy Jim ?

– Il risque pas de venir ici, dit le gros. C'est à l'église que vous le trouverez. (Les petits yeux incolores et noyés dans la graisse toisèrent Dave.) Il a rien fait de mal, si ?

– C'est pour une histoire d'assurance. Par où est la 4e Rue ?

– Je l'ai pas vu depuis un bout de temps. Grosse barbe noire. Des yeux de fou. Il travaillait chez Lembke, des machines agricoles.

– Marié, non ?

– Oh, ça, je sais pas ! Je sais juste son nom et à quoi il ressemble. On peut oublier ni l'un ni l'autre, hein ? La 4e, c'est la prochaine après les feux.

– Merci, dit Dave en poussant la porte vitrée.
– Amusez-vous bien !

La maison se dressait sur 1 000 m² de terrain avec quatre arbres fruitiers plantés devant. Un grillage d'un mètre cinquante clôturait le jardin. Toutes les fenêtres étaient allumées. Elle avait dû être bâtie à l'origine en planches ou même en plâtre, mais elle était à présent recouverte de plaques d'amiante d'un vert argenté. Une double grille ouvrait sur l'allée où était garé un pick-up bricolé en camping-car. Une porte plus petite s'ouvrait pour les visiteurs. Il se gara devant sur la terre battue, fit un trou dans le sac de glaçons, en fit glisser quelques-uns dans un gobelet en plastique et vida la moitié du flacon de Martini-gin dessus. Puis il posa le gobelet sur le tableau de bord et fuma une cigarette. Il avala le Martini-gin, versa le reste de la bouteille sur les glaçons et le reposa.

Il descendit de voiture, souleva le loquet de la grille et remonta l'allée de dalles de ciment posées dans l'herbe jusqu'à la petite véranda en contreplaqué. Il frappa sur la porte-moustiquaire en aluminium. Une lumière s'alluma au-dessus de lui. La porte intérieure s'ouvrit. Un petit homme noueux, la cinquantaine, lui jeta un regard, n'apprécia pas ce qu'il vit et s'apprêta à refermer.

– Mr Sims ? demanda Dave.

– Je mange et j'achète rien aux démarcheurs.

– Je ne vends rien. Votre fille Charleen est là ?

L'homme plissa les paupières.

– Vous êtes qui, pour la demander ?

Dave lui montra sa licence.

– J'enquête sur la mort d'un homme qui avait souscrit une assurance-vie auprès de Sequoia. À Los Angeles. Un certain Dawson. Votre fille le connaissait. Je crois qu'elle pourrait jeter quelques lumières sur ce qui lui est arrivé.

– Des ennuis, fit l'homme. Des ennuis, c'est ça qu'elle a ?

Il ouvrit la porte-moustiquaire pour laisser entrer Dave. Le mobilier était bon marché et plus très neuf, mais propre. Tout était disposé à angles parfaitement droits sur le lino impeccable. Rien n'était accroché aux murs tendus d'un papier peint à petits motifs de boutons de roses.

– Comment elle est arrivée à Los Angeles ?

– Je pensais que vous me le diriez.

– C'est sûrement pas Billy Jim qui l'aurait emmenée là-bas.

Sims passa dans une cuisine dont la table était encombrée de carnets de commandes, de catalogues aux couvertures éclatantes et de flacons de cosmétiques. Il y avait exactement la place pour poser une assiette et dîner. Il y en avait d'ailleurs une et il s'attabla devant.

– C'est moi la présentatrice Avon, dit-il sans l'ombre d'un sourire.

– Pourquoi ne l'aurait-il pas emmenée là-bas ? demanda Dave.

– Asseyez-vous si vous voulez, bredouilla Sims,

la bouche pleine de purée. Parce qu'il pense que c'est pervers. Comme toutes les grandes villes. Je lui avais dit de pas l'épouser. Elle a pas voulu m'écouter.

Il avala et sa pomme d'Adam fit un bond dans son cou décharné. Il désigna du menton la chaise libre et reprit une bouchée.

– Ça allait avant qu'il aille au Vietnam, mais il est revenu complètement fou. Il lui avait tapé dans l'œil depuis qu'elle avait 12 ans. Il était plus vieux qu'elle, évidemment. Je crois que toutes les filles le trouvaient super. Grand, costaud, et malgré tout, gentil quand il parlait et puis plus futé que la majorité des gosses de paysans. (Sims s'arrêta et recula sa chaise.) Dites, vous avez faim ? Vous voulez peut-être manger quelque chose ?

Mais Dave avait vu la boîte de purée en flocons sur le plan de travail impeccable et la boîte de bœuf Dinty Moore ouverte sur la cuisinière.

– Non, merci, dit-il. Les États-Unis ont quitté le Vietnam en 1973. Qu'est-ce qui le retenait là-bas ?

– L'hôpital des armées. Service psychiatrique. Trois ans, voilà. Et quand il revient avec cette barbe et ce regard de fou, je dis à ma fille : « Laisse tomber. Prends-en un autre. Il est timbré. » Mais pendant qu'il était parti, c'était constamment « Billy Jim ci » et « Billy Jim ça ». Elle lui écrivait presque tous les jours. Et lui aussi écrivait. Et je vous parle en années, oubliez pas.

Il porta son assiette vide à l'évier ébréché aux robinets oxydés. Il ouvrit un très vieux réfrigérateur. Des notes griffonnées sur de petites cartes étaient scotchées sur la porte. Elles voletèrent un instant quand il la referma.

– De la glace ?

– Non, merci, refusa de nouveau Dave. (Il avait envie de retrouver son Martini-gin au frais dans sa voiture. *Ses* Martini-gin, pluriel. Et il aimait de moins en moins ce qu'on lui racontait de Billy Jim.) J'espérais qu'elle serait là.

– Elle a pas remis les pieds ici depuis qu'elle l'a épousé. (Sims s'assit et mangea sa glace directement dans la boîte avec une cuiller dont le placage argent avait presque disparu.) Non, c'est pas vrai. Ah, bon Dieu !

Il se leva brusquement et porta la main à sa bouche. Quelque chose de luisant, rose, blanc et doré claqua sur le rebord de l'évier.

– Quand vous vous prenez de la glace dans le bridge, c'est à vous faire hurler, dit-il en se rasseyant et en reprenant sa cuiller. Non, ils ont vécu un petit peu ici. Dans notre ancienne chambre à sa mère et moi. Sa mère est morte, voyez.

– Je suis désolé, dit Dave.

– Elle, elle savait la tenir, Charleen. Moi, j'ai jamais pu.

– Où sont-ils allés ? Où habitent-ils, à présent ?

– En haut dans la vallée, au milieu de nulle part. Ils ont eu un gosse. (Sims lécha la cuiller.) Je sais pas pourquoi il l'a prise, elle. Dieu sait qu'il avait le choix.

Il soupira, referma la boîte, se leva et la flanqua

dans le réfrigérateur. La cuiller tomba bruyamment dans l'évier.

– Et puis aussi, peut-être que les autres voyaient qu'il était dingue, que la guerre l'avait démoli. Elle, elle s'en fichait. Elle a jamais su ce que c'était que la prudence. (Il lorgna Dave.) Vous êtes pressé, non ? Je bavarde trop. Faut dire, les gens d'ici sont un peu comme ça, aussi. Pas grand-chose à faire. Ça passe le temps. Alors, voyons… Ils ont habité ici jusqu'à ce que Billy Jim ait eu de l'argent quand sa tante est morte. Il aimait pas Lembke, parce qu'il parle mal et qu'il va pas à l'église et il m'aimait pas pour les mêmes raisons. Alors il a lâché son boulot dans les machines agricoles et puis ils sont partis et j'ai plus jamais eu de nouvelles.

– Pas même quand le bébé est né ?

– Oh, pour ça, oui ! Billy Jim a acheté un mobile home, l'a remorqué jusque là-haut et installé au milieu de ses quatre hectares paumés. Il avait décrété que ça se développerait par là-bas et peut-être que c'est vrai. Et il a investi son argent dans des engins pour forer des trous, creuser des puits et préparer des routes, ce genre de choses. Suffisamment de boulot pour vous occuper le corps et l'esprit. Il passait sa vie à l'église avant de toucher cet argent, mais après, ça a pas eu l'air de le gêner de pas plus causer aux paroissiens qu'aux autres. Rien que lui et Charleen, voilà comment il fallait que ça soit.

– Et le bébé, lui rappela Dave.

– Non, le bébé est mort. Un ouragan, la pluie,

tout ça. Le mobile home s'est effondré. Il était pas là, il est pas arrivé à temps. Charleen était toute seule. Quand il a soulevé les décombres, il l'a trouvée avec le bébé mort dans ses bras. Si c'est pas de la folie d'aller s'installer dans un endroit où il y a personne pour vous aider quand il faut. Merde! on a toujours besoin d'aide, dans la vie.

Il retourna dans la pièce tapissée de roses. Dave le suivit.

– Quand j'ai eu mon attaque, s'il y avait pas eu les voisins, je serais mort. C'est à cause de la crise cardiaque que je fais la présentatrice Avon. C'est facile. J'ai pas besoin de beaucoup pour vivre. Ça m'occupe et comme ça je suis pas inactif. (Il ouvrit la porte.) Non, elle a jamais su ce que c'était que la prudence. Et maintenant, voilà qu'elle est mêlée à la mort d'un type à Los Angeles? Comment?

– Comment il est mort? La nuque brisée. Quelqu'un l'a attaqué et lui a brisé la nuque.

Sims secoua la tête.

– Peut-être que Billy Jim se trompe pas concernant les villes.

– Quelle est leur adresse?

– C'est même pas une adresse. Je vais vous expliquer comment y aller.

– Elle vous a écrit pour le bébé? Téléphoné?

Sims contempla la rue par la moustiquaire.

– Billy Jim l'a ramené ici pour l'enterrement à l'église. C'est un fanatique religieux. Je vous avais pas dit ça, si? Pas que de vouloir enterrer son gosse religieusement soit du fanatisme, non, c'est pas ce que je pense. C'est que j'avais oublié de vous dire ça : c'est un fanatique religieux. Ça, j'ai du mal. J'ai du mal avec les extrêmes. Faut se calmer, on vit plus longtemps. Qu'est-ce que c'est que cette voiture ?

– Une Triumph. Une marque anglaise.

– Pas plus grosse qu'une poussette. Non, ils ont pas le téléphone, par là-haut. Mais je vais vous expliquer comment vous y rendre.

23

Les montagnes se découpaient, noires sur le ciel étoilé. Estaca semblait à une éternité de là. D'abord, les vignes avaient disparu, puis le bétail endormi, les poteaux en acier rouge des clôtures, les barbelés. À présent, il ne restait plus rien d'autre que le vent, l'asphalte noir et usé et la petite voiture fouettée par les rafales qui poursuivait le pinceau pitoyable de ses phares. Rien d'autre que lui. C'était une région immense. C'était une nuit immense et vide. Il se demandait s'il avait bien compris Sims, ou si Sims avait fait une erreur. Les Martini-gin l'endormaient, tout comme le ronronnement du moteur, les interminables collines couvertes de rochers et d'herbes desséchées. Il alluma la radio. Les accents d'un gospel s'élevèrent. Il l'éteignit, consulta sa montre et fut surpris. Il n'était pas encore 20 heures. Il releva la tête.

Et dans les phares, il aperçut une boîte à lettres en ferraille sur un poteau en acier. Tackaberry. Il freina, mais il allait si vite que la Triumph la dépassa. Il se débattit avec ce levier de vitesses encore nouveau, passa en marche arrière et recula. Un petit chemin en terre filait devant la boîte à lettres en direction des montagnes. Il le prit. Au bout d'un moment, le chemin d'abord plat commença à monter. Des herbes sèches et des éboulis se profilaient dans les phares à chaque virage. Des branches arrachées par le vent jonchaient le sol au pied des chênes. La route se fit plus abrupte. Il changea de vitesse. Les phares éclairaient le ciel. Puis ils piquèrent brusquement du nez. Et au loin, tout en bas, dans l'immensité des ténèbres, apparut une minuscule lumière.

Les buissons desséchés crissèrent sur la carrosserie quand il arrêta la voiture. Il éteignit les phares, descendit et resta immobile, le temps de s'habituer à l'obscurité. Le vent lui rabattait les cheveux dans les yeux. Il les repoussa. La lumière provenait d'une fenêtre. Il lui sembla distinguer la silhouette d'une maison. Elle était si loin qu'on aurait cru un jouet abandonné par un gamin. Il regretta qu'il n'y ait pas de lune. Mais même phares éteints, la voiture aurait trahi son arrivée. Elle était bruyante. Encore plus que le vent, qui n'avait pourtant que les rochers et les taillis contre quoi siffler. Il remonta dans la Triumph, ralluma les phares et poursuivit son chemin.

Tu fais une bêtise, songea-t-il.

Trois vieux chênes abritaient la maison en tôle, prolongée d'un côté par une véranda. De l'autre, un auvent au toit en plastique ondulé abritait un tracteur et des engins aux formes anguleuses dont il ignorait le nom. Il fit le tour de la maison dans le vent. À l'intérieur d'un appentis, un générateur ronronnait. Il ne vit pas de camion. Cela le rassura un peu. Il monta sur la véranda et frappa à la porte. Rien que le vent qui sifflait dans les chênes et faisait grincer les plaques rivetées de la maison. Il frappa de nouveau. Rien. Il essaya d'ouvrir. La porte était fermée. Les fenêtres étaient noires.

– Hé ! Il y a quelqu'un ? cria-t-il.

Le vent emporta sa voix au loin dans l'obscurité.

Il redescendit et gagna la fenêtre allumée. Elle était placée haut et la vitre était dépolie. Il trouva sous l'auvent un baril d'essence vide et le roula dans les herbes jusque sous la fenêtre. Il grimpa dessus et essaya de faire coulisser le panneau vitré sur son rail d'aluminium. Impossible de le bouger. En sautant du baril, il lui sembla entendre quelque chose. Mais comment en être sûr, avec le vent qui faisait claquer la tôle plastique de l'auvent ? Il s'immobilisa et tendit l'oreille. Il l'entendit de nouveau. Un chat ? C'était un tout petit bruit plaintif. Un chat blessé ? Puis le vent cessa un bref instant et il entendit mieux. C'était une voix humaine à l'intérieur.

– Au secours ! S'il vous plaît, aidez-moi !

– Attendez ! cria-t-il en retournant précipitamment sur la véranda.

Cette fois, la petite lame de son trousseau ne lui servit à rien. Certes, elle lui ouvrit la première serrure, mais il n'avait rien sur lui qui entre dans la seconde. À chaque répit dans les rafales, il l'entendait pleurer et le supplier. Il remonta sur le baril et frappa au carreau.

– Je ne peux pas ouvrir la porte. Ouvrez-moi la fenêtre.

Elle coulissa. Il se retrouva devant une minuscule salle de bains-toilettes, bac à douche, lavabo, miroir. Elle était adossée à la porte, les yeux fixés sur lui, écarquillés de frayeur. On lui avait rasé le crâne. Elle portait un jean et un sweat-shirt sales. En la voyant ainsi terrorisée, il se demanda une seconde pourquoi elle ne s'était pas enfuie en courant. Elle avait des chaînes aux chevilles. Elles étaient maigres et à vif. Quand il entreprit de grimper, elle se mit à hurler. Il eut un mal de chien à se faufiler par l'ouverture et faillit tomber la tête la première. Et pendant tout ce temps, elle restait plaquée contre la porte à hurler. Il ouvrit le robinet d'eau froide, prit de l'eau dans ses mains en coupe et l'aspergea. Elle se tut.

Pendant quelques secondes, elle retint son souffle. Puis elle recommença sa plainte de petit chat, son gémissement lugubre. Il s'agenouilla. Les entraves étaient des menottes de panoplie de policier et les chaînes de laisses à chien. Elles couraient jusqu'au petit meuble verni qui soutenait le lavabo. Elles étaient cadenassées aux tuyaux. Il crocheta les menottes avec sa petite lame, puis il se releva, repoussa du pied les chaînes et tenta d'ouvrir la porte. Elle se recroquevilla dans un coin, les mains sur la bouche. Il tourna la poignée, mais la porte refusa de s'ouvrir.

– Il a mis un tuyau en travers, dit-elle. Il faut que je reste là quand il s'en va.

– Billy Jim? Où est-il?

– Parti avec son pick-up sur un chantier. Je sais pas où, je m'en fiche. Quand il est là, il ne fait rien que me lire la Bible et prier devant moi. (Elle s'assit sur la lunette des toilettes et se massa les chevilles en grimaçant.) Tout ça, ça me fait peur, il pourrait oublier que je suis là et me laisser mourir. Et puis il pourrait y avoir le feu. Tout est sec et le vent souffle constamment. Je frirais comme du bacon.

Il avait du mal à l'entendre avec le vent. Toutes les tôles vibraient.

– De quel droit il vous inflige ses sermons? Vous n'avez pas brisé de cou ni abattu personne.

– Qui vous êtes? demanda-t-elle en relevant vivement la tête.

Dave mouilla une serviette et essuya délicatement les larmes sur son visage sale, puis il s'agenouilla et lava ses chevilles à vif.

– Vous venez de Los Angeles, hein? Vous êtes un policier.

– Non, l'assureur de Gerald Dawson, dit Dave. Je vous cherche depuis des jours. Je vous ai presque crue morte.

– J'aurais préféré l'être, vu comment il me traite. Il m'enferme. Il me donne à manger qu'une fois par jour. Il m'a rasé la tête et il a jeté tout mon maquillage. Il me laisse pas porter de vêtements convenables. Tant que je me serai pas repentie, qu'il dit. (Malgré ses larmes, elle avait l'air furieuse.) C'est lui qui devrait se repentir. J'ai rien fait d'autre que de coucher avec des hommes. J'ai tué personne. (Elle renifla, arracha un morceau de papier toilettes et se moucha.) Et lui qui continue de prier Dieu de *me* pardonner.

– Votre père vous avait mise en garde contre lui.

Elle haussa les épaules.

– J'ai cru que c'était juste pour pas que je fasse quelque chose dont j'avais envie. Il était toujours comme ça. Toujours à me dire de pas faire ci ou ça. Finalement, grimaça-t-elle, Billy Jim était pas différent des autres. Les hommes.

– C'est pour ça que vous vous êtes enfuie à Los Angeles ? demanda Dave.

– Au début, ça se passait bien. On vivait chez papa. Billy Jim travaillait dans les machines agricoles. Il poussait des cris dans son sommeil, des fois, et il était mal à l'aise quand il y avait du monde. Il disait tout le temps qu'il voulait qu'on s'en aille d'Estaca, de la région, qu'on soit rien que nous deux. Je me disais que c'était à cause de la guerre et de l'hôpital et qu'il s'en remettrait, que c'étaient juste des paroles en l'air, mais non. (Elle s'était plongée dans ses souvenirs. Elle releva les yeux.) Vous auriez pas une cigarette ?

Dave lui tendit son paquet. Il l'avait froissé en passant par la fenêtre. Les cigarettes étaient tordues. Il en prit une aussi et lui donna du feu.

– Continuez.

– Pourquoi vous vouliez me retrouver ?

– Parce que vous avez vu Billy Jim tuer Gerald Dawson, n'est-ce pas ? Il faut le dire au shérif et au procureur.

– Comment vous avez su que je serais ici ?

Il lui parla de l'album de fin d'année de son lycée.

– Vous êtes malin, dit-elle en secouant la tête d'un air inquiet, malgré tout. Sauf que vous êtes plus tout jeune et que vous avez pas l'air aussi costaud que lui. (Elle se leva et agrippa le montant de la fenêtre.) On ferait mieux de se tirer. S'il revient et qu'il vous trouve (Elle se hissa et entreprit de sortir en se tortillant.) Il nous tuera tous les deux.

– Vous y arriverez ? Il y a un baril sous la fenêtre.

– Je le vois.

Elle n'était pas seulement petite et menue, mais vive et souple. Elle sortit avec plus d'aisance qu'il n'était entré. Il se sentit gros et maladroit en grimpant à sa suite et essaya de ne pas croiser son regard alors qu'il se débattait pour faire passer coudes et genoux.

– Attendez ici, lui dit-il une fois redescendu, les cheveux ébouriffés par le vent.

Il retourna sous l'auvent dont la tôle claquait. Il balaya l'obscurité de sa petite torche, trouva un pied-de-biche et la rejoignit. Elle était restée à côté du baril, clignant des yeux dans les rafales, les mains sur son crâne rasé.

– Qu'est-ce que vous allez faire ?

– Retourner à l'intérieur. Il faut que je prenne son fusil.

Le haut de la porte était composé de grandes lucarnes en plastique ambré dépoli. Il en fracassa une avec le pied-de-biche, passa la main et ouvrit les deux verrous. Il la laissa le précéder et alluma la lampe auprès d'un canapé recouvert d'un tissu écossais marron grossier. À côté se dressait un fauteuil assorti. Tout comme les rideaux. Le sol était recouvert d'un lino imitation chêne. Les deux portes d'un meuble télé vide étaient ouvertes. Sur la table basse était posée une bible.

– Cherchez le fusil, dit-elle. Moi je mange.

Elle alla dans la cuisine, ouvrit le réfrigérateur et en sortit une boîte d'œufs.

– Vous ne savez pas où il est ? demanda Dave.

– Je veux pas le savoir. Depuis que j'ai vu le résultat sur le type dans le parking, je veux pas le savoir. On aurait cru que sa tête explosait.

Dave fit glisser les portes vernies d'un petit placard.

– Vous lui avez porté la poisse. Vous avez porté la poisse à Gerald Dawson. Vous vous êtes porté la poisse. Pourquoi vous l'aviez quitté ?

– Et je serais restée là pour quoi ? Ça vous plairait, à vous ? Il a démoli la télé. Emporté la radio. Il disait qu'il fallait que je purifie mon âme de toutes ces saletés.

Dave tâtonna sur l'étagère du haut.

– Lui, il pouvait voir les fermiers pour qui il travaillait, mais moi je pouvais voir personne. Pas de téléphone pour appeler mes anciennes copines d'école, même pas mon père. Et rien à lire à part la Bible.

Dave poussa les vêtements pour inspecter le fond.

– Il me laissait même pas acheter mes magazines de ciné. Quand j'ai eu la petite, ça me faisait un peu de compagnie quand il partait. Mais en mars on a eu cet ouragan qui a tout fait s'écrouler et le bébé est mort. Je suis restée toute la nuit avec elle dans mes bras, morte.

Dave s'accroupit et éclaira le sol. Le cuir de chaussures luisait d'un éclat terne, mais il ne vit pas briller un fusil. Il se releva et referma la porte. Elle était en train de se faire des œufs brouillés. Le beurre avait salement brûlé. Il tendit le bras pour éclairer l'intérieur des éléments de cuisine. Paquets de lessive, flacons de cire, poêles et casseroles. Conserves, boîtes de céréales et de soupe en poudre. Tasses, assiettes. Pas d'arme.

– Il m'a jamais emmenée une fois en ville. Il y allait pour faire les courses. Il disait que c'était pas bien pour moi. Il devait penser que je le traînerais au cinéma. Jamais j'avais passé une semaine sans voir un film. Jusqu'à Billy Jim. J'adorais lire des articles sur les stars. J'ai été jolie, si vous pouvez me croire. (Elle passa une main hagarde sur son crâne rasé.) J'ai été pom-pom girl. Et j'étais bonne danseuse, aussi.

Dave ouvrit une porte. Elle donnait dans la salle de bains. D'autres placards coulissants. Il les inspecta, fouilla les tiroirs.

– Pour vous dire à quel point c'était, quand la petite est morte et qu'il l'a emmenée pour l'enterrer à Estaca, il a même pas voulu que je vienne.

Du coin de l'œil, il vit l'épouvantable bouillie marron glisser de la poêle dans une assiette.

– Vous en voulez un peu ? Vous avez faim ?

– Non, merci.

Le fusil était peut-être démonté dans le tiroir de la commode. Il alla voir.

– Je crève de faim, baragouina-t-elle, la bouche pleine. Des céréales et du lait, voilà ce qu'il me donnait. Une fois par jour. Je vous l'ai dit. Il aurait pas rangé le fusil là-dedans, pas dans les tiroirs. (Elle s'approcha sur le seuil en continuant d'enfourner ses œufs.) Il se serait dit que je le trouverais et que je le descendrais pendant son sommeil. Il croit pas à quel point j'ai peur de ce fusil.

Dave continuait de soulever les vêtements dans les tiroirs, en claquant un pour ouvrir le suivant. Il était en nage. Il s'y prenait mal. Il s'y était mal pris depuis le début. C'était de la folie d'être venu tout seul. Il avait eu de la chance que Billy Jim ne soit pas là quand il était arrivé. Elle ne se trompait pas. Il les aurait tués tous les deux. Delgado avait une arme. S'il n'avait pas eu la bonne idée de l'emmener avec lui, il aurait au moins pu prendre l'arme. Il referma le dernier tiroir.

– Alors j'ai pris une valise et tout l'argent dans le tiroir et je suis partie faire du stop au bord de la route. Et à Fresno, j'ai pris un Greyhound. Il cachait pas l'argent. Pour quoi faire ? J'avais nulle part où le dépenser, comment vous voulez, dans le coin? Mais il y avait pas grand-chose. Je m'en fichais. Je pensais que je passerais tout de suite à la télévision.

Dave monta sur le lit et poussa une trappe au plafond. Il coinça la torche entre ses dents et se hissa jusqu'au menton. Les poutres métalliques grincèrent sous son poids. Il tourna la tête pour éclairer autour de lui. Il n'y avait rien d'autre que de la poussière. Il se laissa retomber sur le lit. Le vent faisait toujours vibrer la maison. C'était comme s'ils avaient été dans un tambour. Il aurait préféré renoncer. Si le pick-up revenait, il ne l'entendrait pas. Il passa à côté d'elle pour gagner une autre trappe qu'il venait de repérer.

– Je savais pas à quel point ça serait dur, continua-t-elle. Oh, non, pas à ce point! Mais j'ai rencontré une fille qui m'a dit qu'on pouvait croiser des tas de gens du show-business sur le Strip. Vous savez où c'est? Et c'est ce qui est arrivé. J'allais être dans un film, moi aussi – si Billy Jim était pas venu me rechercher. J'aurais jamais cru qu'il ferait ça. Il détestait la ville, toutes les villes. Ça lui flanquait la trouille.

Dave monta sur la table basse et se souleva à nouveau. Mais la petite torche ne lui montra pas grand-chose non plus. Il se laissa retomber.

– Je connais presque toute l'histoire. Ce que je voudrais que vous me disiez, c'est comment il a tué Gerald Dawson.

– J'avais un appartement. (Elle posa l'assiette dans l'évier et rouvrit le réfrigérateur pour y prendre le lait. Elle se servit un verre.) Vraiment beau.

– Je l'ai vu. Charleen, on ne peut plus rester ici. Si le fusil n'est pas là, c'est qu'il l'a emporté et ça pourrait être très embêtant.

Elle sortit avec son verre de lait et s'arrêta sur la véranda.

– S'il revenait, je le verrais. De loin. Tout là-haut sur la crête. (Elle rentra.) Vous voulez le fusil pour pouvoir le maîtriser, c'est ça ? Pour l'empêcher de se jeter sur vous et de vous faire ce qu'il a fait à Jerry à mains nues ?

– Où ça s'est passé ? Dans le lit ?

– Dans la cuisine. (Elle retourna sur la véranda.) Il l'a empoigné et il lui a tordu la tête, je sais pas comment. Ça a fait un bruit sec et puis il était mort. J'ai essayé de m'enfuir. (Le vent soufflait trop fort pour qu'il entende la suite.)… qu'il me tapait, j'ai cru qu'il allait me tuer aussi. Je lui ai donné un coup de pied et j'ai couru sur le balcon, mais j'étais étourdie, mes jambes se dérobaient sous moi et il m'a fait rentrer de force.

Dave enleva les coussins du canapé, chercha la poignée pour le déplier et tira dessus. Des draps, des couvertures, deux oreillers. Pas de fusil. Il regarda autour de lui.

– Je suis allé dans cet appartement. Les hommes du shérif aussi. Il n'y avait pas la moindre trace d'un meurtre. Il y aurait dû y en avoir partout.

– Il y en avait partout, dit-elle. Je savais pas que

ça faisait ça quand on meurt. Billy Jim m'a tout fait nettoyer. Ça m'a rendue malade. J'arrêtais pas de courir vomir dans les toilettes.

Dave la rejoignit sur la véranda, descendit, s'accroupit et éclaira le dessous.

— Mais Billy Jim a rien voulu entendre. Il m'a fait tout nettoyer deux fois, même là où j'avais rincé la serpillière, voyez. Et puis après il m'a obligée à cirer. Alors j'ai ciré pendant qu'il enveloppait Jerry dans une bâche qu'il avait apportée et qu'il sortait le corps par la fenêtre. Ensuite, il a fallu que je l'aide à le traîner sur la colline jusqu'au pick-up. Il a fait un trou dans la clôture pour qu'on passe. Jusqu'en haut de la rue. Je sais pas pourquoi. Il fait pas froid, mais j'ai froid. Faut que j'aille prendre un pull.

Il n'y avait rien sous la véranda. Dave scruta la crête sombre qui séparait l'autoroute de cette portion de vallée plongée dans la nuit, puis il rentra à son tour. Elle n'était pas en train de chercher un pull : elle était dans la salle de bains. Elle avait enlevé le tuyau que Billy Jim avait glissé dans des anneaux tout neufs vissés de part et d'autre.

— Qu'est-ce que vous faites ? demanda Dave.

— Je veux me faire belle.

De l'eau gicla.

— Bon sang, Charleen ! dépêchez-vous, on n'a pas le temps.

— J'arrive, rétorqua-t-elle. Une minute.

— Pourquoi a-t-il tué Dawson ?

— Parce qu'il m'avait corrompue, dit-elle par la

porte fermée. Il l'a prévenu un dimanche matin après l'église. Jerry lui a dit d'aller se faire voir. Alors le lendemain, il a appelé Mrs Dawson, il lui a raconté ce qu'il y avait entre Jerry et moi et qu'il fallait qu'elle aille chercher son mari. Je l'ai su qu'après, et aussi qu'il s'était caché dans le placard quand ils sont arrivés – elle, le prêtre et le petit Bucky. Il a dû le tuer quand il nous a entendus au lit.

Dave avait du mal à la comprendre, à présent. Elle se lavait les dents et parlait avec la brosse dans la bouche.

– C'est tout juste si j'ai pas fait une crise cardiaque quand il a bondi du placard une fois Bucky parti. Sur le moment, je l'ai pas reconnu : il s'était rasé la barbe.

– Oui, pourquoi, d'ailleurs ?

– Pour que le vieux négro de l'entrée le reconnaisse pas.

Dave essaya d'entrer. Elle avait tiré le verrou.

– Charleen, on perd du temps. Il faut qu'on file d'ici.

– Encore une minute, dit-elle par-dessus le bruit de l'eau.

– Pourquoi Billy Jim n'en a tué que deux ? Et Fullbright ? C'est pourtant bien lui qui a tout déclenché ?

– Billy Jim m'a pas laissé le temps de lui parler de Jack. Et quand j'ai vu ce qu'il avait fait à Jerry et Mr Odum, je risquais pas de le faire. Son bateau de luxe, là, la marijuana, la cocaïne, les photos cochonnes qu'il avait prises de moi… Il aurait voulu le tuer deux fois. J'ai eu tellement la trouille cette nuit-là que j'ai failli…

Elle poussa un cri. Et ce n'était pas à cause de ses souvenirs. Mais de ce qui se passait à l'instant. Il y eut un bruit de verre brisé. Une voix d'homme dit quelque chose que Dave ne put distinguer. Puis quelque chose se fracassa. Dave identifia le bruit : le couvercle des toilettes. Billy Jim était en train de la tirer par la fenêtre. Dave traversa le salon chichement meublé et courut à la porte défoncée. L'énorme pick-up était garé à vingt pas, phares éteints, moteur en marche. Évidemment. Billy Jim avait vu la lumière, la Triumph dans la cour, et compris que quelque chose clochait. Il connaissait forcément bien le chemin et avait pu le descendre phares éteints.

Il surgit avec son chapeau de cow-boy au coin de la maison battue par le vent, traînant la gamine qui se débattait en hurlant. Cowan ne s'était pas trompé. Il était costaud comme Bucky, mais plus grand. Dave courut sur la véranda. « *Vous êtes plus tout jeune* », l'entendait-il dire mentalement. Il se précipita sur Billy Jim Tackaberry. Pas si mal, pour un vieux bonhomme. Il l'empoigna juste sous les genoux. Billy Jim trébucha et ils roulèrent tous les trois dans la poussière. Mais Dave ne put le maîtriser. Tackaberry libéra une jambe et lui donna un coup de pied en pleine tête. Un sacré coup. Dave ne vit ni n'entendit plus rien. Puis il perçut un bruit sourd. Quelque chose avait cogné violemment la carrosserie du pick-up. Il entendit des grognements, des piaillements. Sa tête lui faisait un mal de chien.

Il se remit péniblement à quatre pattes en gémissant et retomba lourdement. La portière claqua. Le moteur rugit. Dave se releva en titubant. Le pick-up fonçait sur lui. Il se jeta dans les buissons sur le côté et le camion emboutit la véranda. L'un des poteaux métalliques céda, le toit s'affaissa dans un grincement de ferraille, le plancher en tôle se tordit. Le pick-up vacilla, ébranlé. L'embrayage craqua et le pick-up tenta de reculer. Les pneus patinèrent en soulevant un nuage de poussière que le vent emporta aussitôt. Dave se traîna vers la maison, trébucha, tomba, se releva. Le pick-up fit demi-tour et s'arrêta. Arrivé sur le seuil, Dave se retourna. Dans la faible lumière de la cabine, il vit luire le canon d'un fusil. Il se jeta à terre, les mains sur la tête. Un coup de feu assourdissant éclata. Ses manches se déchirèrent et il eut l'impression d'avoir plongé les bras dans le feu.

Le pick-up s'élança en rugissant.

24

Il essayait de le dire à son père : « Tu ne peux pas me critiquer. J'ai seulement fait la même chose que toi. » Mais son père était mort. Et de toute façon, il était incapable d'articuler. Il entendit ce que cela donnait : des marmonnements. Son père disparut dans l'obscurité. Dave entendit crisser des semelles de crêpe. Une porte s'ouvrit avec un déclic. De la lumière frappa ses paupières et il ouvrit les yeux. La lumière était vive, éblouissante, douloureuse. Elle rejaillissait sur des murs blancs. Au-dessus de lui pendait un gros flacon rempli de sang. Un tube en descendait jusqu'à lui. Le flacon scintillait.

Il plissa les paupières. Une infirmière, rondelette, d'âge mûr, sans maquillage, lunettes à monture métallique, le regardait depuis le pied d'un lit blanc. Puis un autre visage s'interposa entre elle et lui, celle d'un jeune homme à moustache rousse en uniforme beige.

– Brandstetter ? Qui vous a tiré dessus ?

– J'ai perdu connaissance et j'ai quitté la route,

non ? (Il avait parlé d'une voix très faible, mais au moins, il avait pu articuler.) Tackaberry, Billy Jim.

– Vous avez perdu beaucoup de sang, dit le policier. Vous aviez les bras déchiquetés. Pourquoi vous avez fichu tout ce sang dans votre voiture ? Elle est belle, et toute neuve. Pourquoi vous n'avez pas appelé les secours ?

Dave leva le bras pour regarder sa montre. Il était emmailloté de blanc. Et il n'avait plus sa montre.

– Quelle heure il est ? Bon Dieu ! ça fait combien de temps que je suis là ?

Il essaya de s'asseoir. L'infirmière émit un claquement de langue. Le policier le força à se rallonger.

– Où je suis ?

– À Estaca, répondit le policier en consultant sa montre. Ça va faire… deux heures, deux heures et demie ?

– Oh, non !

– Le médecin a dû vous suturer les artères. C'est pour cela que vous ne devez pas bouger, dit l'infirmière d'un ton sévère. Vous avez perdu une grande quantité de sang.

– Il faut que je passe un coup de fil. (Un téléphone trônait sur la table de chevet. Ses bras bandés reposaient sur le drap. Seuls les doigts dépassaient du pansement. Il les plia. Ça allait.) À Los Angeles. Le lieutenant Jaime Salazar. Affaires criminelles, au bureau du shérif du comté de LA.

– Vous êtes en de bonnes mains ici, dit le policier.

– Je veux bien vous croire. Mais Tackaberry va tuer quelqu'un là-bas.

Il roula sur le côté et tenta d'atteindre le téléphone. L'infirmière lui retint le bras. Cela ne lui fit pas mal.

– On m'a fait une anesthésie locale. J'étais si mal en point ? Qu'est-ce qui s'est passé, je me suis cogné la tête ?

– Vous auriez dû mettre votre ceinture de sécurité.

– Je vais passer votre coup de fil, proposa le jeune policier.

– C'est le bureau de Temple Street. S'il n'est pas là, demandez-leur d'appeler chez lui. Dites-lui…

– Je vous le passerai une fois que je lui aurai parlé. Qui est visé ?

– Jack Fullbright. Il habite sur un bateau à la marina.

– Salazar ? répéta le policier. Je vais essayer.

Il sortit de la chambre et un grand gamin habillé en médecin entra. Il haussa un sourcil et fit une moue approbatrice.

– Vous avez l'air bien pour quelqu'un qui a failli mourir d'une hémorragie.

– Bon. Alors je peux partir. C'est urgent.

Il essaya de se redresser et on le retint à nouveau. Le docteur posa un stéthoscope glacé sur sa poitrine. Il le déplaça ailleurs. Et encore ailleurs. Puis il l'ôta de ses oreilles, souleva la paupière gauche de Dave, puis la droite.

– C'est une question de vie ou de mort, ajouta Dave.

– Vous êtes détective privé, dit le grand gamin. C'est très romanesque.

– Ça reste quand même une question de vie ou de mort, répondit Dave. Deux hommes ont déjà été tués parce qu'un hôpital militaire a laissé sortir un soldat de sa cellule capitonnée avant qu'il soit remis. Ce soir, il a essayé de me tuer. Et il s'apprête à…

La porte s'ouvrit et le policier à moustache rousse rentra.

– Salazar n'est pas à son bureau. Et votre nom ne figure pas sur la liste de ceux qui peuvent le déranger chez lui. Qui je peux appeler d'autre ?

– Ken Barker. Vous trouverez un agenda dans ma veste. Vous l'avez ?

– Ce qu'il en reste, dit le policier.

– Bon, alors si vous ne pouvez pas joindre Barker, appelez John Delgado. Il travaille avec moi.

Le médecin prit le téléphone et alla le poser sur le rebord de la fenêtre.

– C'est vous qui passerez les coups de fil, dit-il au policier. Pas lui.

– Je m'en vais dès que ce flacon est vide, lança Dave.

– Vous avez un traumatisme crânien. Je vous garde jusqu'à samedi.

– Génial ! fit Dave. (Il se tourna vers le policier.) OK. Soyez gentil, dites à Barker d'aller à la marina et d'arrêter Jack Fullbright. Il a de la drogue sur son bateau. Il est probablement au lit avec une mineure. Le but, c'est de le mettre en prison à l'abri de Billy Jim Tackaberry.

– Ce Tackaberry, il a un numéro d'immatriculation ?

– Il faisait trop sombre. Et j'avais autre chose à faire. Vous pouvez le trouver, n'est-ce pas ? Et dépêchez-vous d'appeler Barker, s'il vous plaît. Police de Los Angeles. Bureau de la Criminelle.

– Très bien. On va trouver son numéro d'immatriculation. Il a essayé de vous tuer, c'est bien ça ? Et vous êtes près à déposer sous serment ? Dans ce cas, je vais lancer un avis de recherche.

– Très bien. Mais appelez d'abord Barker, OK ?

Mais le policier ne put le joindre. Barker était en déplacement.

– Alors j'ai essayé d'avoir votre Delgado, mais personne ne répond.

Dave jeta un coup d'œil au flacon. Le sang s'écoulait très lentement. L'infirmière tripota le flacon, puis l'endroit où s'enfonçait l'aiguille dans son bras, juste au-dessus du pansement.

– J'ai un autre numéro dans mon agenda, dit Dave à l'officier de police. Amanda Brandstetter.

– Votre femme, donc. Vous voulez que je lui dise ce qui vous est arrivé ? Vous voulez qu'elle passe vous prendre ?

– Pourquoi ça ? Ma voiture ne marche pas ?

– Elle n'a rien, répondit le policier. Si ça ne vous gêne pas qu'elle soit pleine de sang.

– Ne lui dites pas ce qui m'est arrivé. Expliquez-

lui simplement que je suis retenu ici. Demandez-
lui de trouver Johnny Delgado et de l'envoyer à la
marina. Pour faire ce que je vous ai expliqué, OK ?
Faire quitter son bateau à Jack Fullbright et le
cacher là où Tackaberry ne pourra pas le trouver.
Dites lui que Johnny devrait être dans un bar
quelque part près du *Sea Spray Motel* à Santa
Monica.

– Ça m'a l'air un peu compliqué, dit le jeune
policier.

– Alors demandez à la police de Los Angeles. Ils
accepteront d'agir, alors qu'ils ne feraient rien sur
la demande d'un privé. Même un privé sur qui on
vient de tirer.

– Vous ne savez pas si Tackaberry va vraiment
là-bas. (Le jeune policier avait l'air mal à l'aise.) Il
va falloir que j'obtienne l'autorisation de mon chef.
Tackaberry peut très bien être en train de filer au
Mexique.

– Laissez tomber ! Vous n'allez pas tirer votre
chef du lit pour ça.

– Si on ameute Los Angeles pour rien, ça peut
être très embêtant pour moi.

– J'ai un autre numéro. Randy Van. Dites-lui
que je me suis fait tirer dessus. Il ira prévenir Fullbright.

– Vous trouvez que quelqu'un qui s'appelle
Randy Van, ça a des gros bras ?

– Assez pour décrocher un téléphone.

– J'ai déjà lancé l'avis de recherche, s'excusa le
policier.

– Ça ne fait rien. Mais appelez Van tout de suite.

Le jeune policier sortit et le médecin passa la tête par la porte.

– Infirmière ? Donnez-lui quelque chose pour le faire dormir.

Elle sortit en faisant crisser ses semelles. Dave défit la perfusion. Sa montre, son portefeuille et ses clefs se trouvaient dans le tiroir de la table de chevet. Ses vêtements n'étaient pas dans le placard. Il tira les légers rideaux orange. Estaca avait l'air aussi animé que lorsqu'il était arrivé. Dans la lumière des lampadaires, les silhouettes des arbres dénudés se balançaient dans le vent. Il entendit des pas dans le couloir et se réfugia dans les toilettes qu'il verrouilla. On frappa.

– Ça va ?

– Très bien. Je sors dans un instant.

Ce qu'il fit. Par la fenêtre. La blouse d'hôpital courte et rêche, nouée dans le dos, n'était pas le genre de vêtement idéal pour voyager, mais il n'avait rien d'autre et les habitants d'Estaca n'étaient pas là pour le voir. Cela faisait un moment qu'ils avaient éteint leurs télés pour aller se coucher. Il contourna le coin du petit bâtiment de plain-pied et se retrouva sur le parking. À l'ombre mouvante d'un arbre, la Triumph attendait. Le sang recouvrant le siège baquet en cuir avait séché dans le vent tiède et se craquela quand il s'assit. Sous ses pieds nus, il sentit le tapis de sol spongieux et gluant. Du sang avait éclaboussé le tableau de bord et le pare-brise, et le volant en était

incrusté. Il quitta le parking. Les feux qui se balançaient étaient au rouge, mais il n'y prêta aucune
attention.

Les grands restaurants du front de mer se dressaient, sombres, sur les lumières de la ville et les
immenses vitrines luisaient comme des miroirs
noirs. Les hauts immeubles obscurs se découpaient sur les étoiles. D'après sa montre, il était
presque 3 heures. Il était étourdi, nauséeux, et ses
bras l'élançaient. L'air frais et humide le fit frissonner. Il arrêta la voiture devant la grille du parking
où les résidants de la marina se garaient. La barrière à rayures rouges et blanches comme un sucre
d'orge était cassée. Il jeta un coup d'œil à la petite
guérite blanche, pensant qu'elle était vide, quand
il vit une grosse chaussure qui dépassait de l'embrasure. Il descendit de voiture. Le garde avait le
visage caché par sa casquette. Il était allongé dans
une position bizarre, la main sur la crosse de son
revolver, prêt à dégainer, un trou sanglant en
pleine poitrine. Dave l'enjamba et décrocha le téléphone.

Après quoi, il traversa en courant le parking et
gagna la jetée. Les petits cailloux qui se collaient
sous ses pieds nus le faisaient boiter. Il s'arrêtait
régulièrement pour les enlever d'un revers de
main. Les bateaux à l'amarre, éteints et endormis,
roulaient et tanguaient doucement sous les vaguelettes. Il régnait un silence de mort. De la lumière
sortait de l'écoutille du yacht de Jack Fullbright.

Dave monta rapidement à bord et descendit l'échelle. Il n'y avait personne dans la première pièce, mais la porte de la cabine était ouverte. Il vit d'abord le sang, puis le corps nu de Fullbright qui dépassait du cabinet de toilette éteint. Il toucha le corps. Il était presque froid. Il tourna les talons pour quitter l'odeur de ce sang qui collait sous ses pieds. C'est alors qu'il entendit des clapotis. Il remonta l'échelle.

Au-dessous de lui, le long de la coque, quelqu'un toussa. Quelqu'un vomit de l'eau de mer. Quelqu'un essaya d'appeler à l'aide. Il ne parvint à Dave qu'un gémissement. Il se pencha par-dessus le bastingage. La faible lumière qui filtrait par les hublots de la première cabine se reflétait sur l'eau et il ne vit rien. Le bruit venait d'un peu plus loin vers la poupe. Il y retourna. Là, l'éclairage du parking était suffisamment fort pour l'éblouir. Il mit ses mains en visière.

– Où êtes-vous ? cria-t-il.

– Au secours !

Quelque chose de blanc flottait au-dessous. Il ramassa une corde enroulée sur le pont verni et la lança.

– Au secours !

– Vous pouvez l'attraper ? (Il l'enroula sur un taquet et fit un nœud.) La corde. Attrapez-la !

Mais rien ne bougea. Même les éclaboussements avaient cessé. Il entendit des bulles crever la surface et il enjamba le bastingage pour se jeter à l'eau. Elle était froide. La chose blanche dérivait non loin de lui et commençait à couler. Il tendit la main. Une peau humaine, froide. À tâtons, il trouva un bras inerte, quelque chose de dur et rond, un crâne. Il avait besoin de reprendre sa respiration. Il lâcha, refit surface et entendit des sirènes approcher. Il sourit, reprit son souffle et replongea.

Cette fois, il réussit à saisir la silhouette blanche et d'un coup de pied, ils remontèrent ensemble. C'était une poitrine qu'il serrait contre lui et qui ne semblait pas respirer. D'un seul bras, maladroitement, il commença à nager, heurta la coque arrondie et glissante et essaya d'atteindre le ponton. L'eau l'assourdit. Il entendit les sirènes. L'eau l'assourdit à nouveau. Elle avait détrempé les pansements et la morsure du sel le cuisait cruellement. Il se cogna le crâne sur un pilier, l'empoigna et s'y agrippa.

Puis il inspira un bon coup et cria.

Et il sentit le ponton vibrer sous des pas précipités.

C'était Randy Van, dans la petite robe en résille blanche trempée barrée d'une longue traînée de goudron. Gisant sur les planches blanches du ponton, le teint verdâtre, il avait l'air mort. Sauf les jambes. Elles étaient lacérées et ruisselaient de sang. Les hommes des premiers secours en combinaisons vertes étaient penchés sur lui, telles des silhouettes de cauchemar dans la lumière de l'écoutille ouverte. L'un d'eux, un Noir rondouillard à la nuque épaisse, lui faisait du bouche-à-bouche. Un autre, un Blanc avec des lunettes à monture d'écaille, était assis à califourchon sur ses hanches et lui appuyait sur la poitrine.

Quelqu'un drapa Dave dans une couverture et lui demanda pourquoi il trouvait cela drôle. Dave ne put lui expliquer à quel point Randy aurait adoré la situation s'il en avait eu conscience : c'était comme s'il avait eu les mâchoires soudées. Il faisait froid. Il frissonnait tellement qu'il avait l'impression que ses articulations allaient céder. Il aurait bien voulu une ou deux couvertures de plus.

Randy émit un petit bruit. De l'eau jaillit de sa bouche. Il papillonna des paupières et ses jambes lacérées s'agitèrent faiblement. Le Noir et le jeune à lunettes le chargèrent sur une civière à roulettes chromée qu'ils poussèrent rapidement devant des badauds attroupés en peignoirs jusqu'au parking où clignotaient les gyroscopes, orange pour les voitures de police et bleu pour l'ambulance. L'homme en combinaison verte qui lui avait donné la couverture le força à s'asseoir. Il était si faible qu'il se laissa faire. Il essaya de lui dire qu'il pouvait marcher, mais les frissons l'en empêchèrent. On l'allongea. On lui souleva les jambes. Puis on lui mit une autre couverture. Il ferma les yeux et sentit les roulettes tressauter sur les planches. Cela prit tellement de temps qu'il s'endormit.

– Mon Dieu, mais regardez-moi ses bras ! s'écria Amanda. Dave !

Il rouvrit les yeux. Elle était agenouillée auprès de lui, vêtue d'un petit derby gris perle.

— Mais qu'est-ce que tu fiches ici ? demanda-t-il. Je t'avais seulement demandé...

— De me trouver. (Delgado apparut au-dessus d'elle, vacillant, pas rasé, les yeux injectés de sang et la chemise débraillée.) Pour que je vienne ici au secours de Fullbright, dit-il d'une voix pâteuse. Sauf que j'ai pas pu trouver ce foutu yacht. Tout ce que j'ai réussi à faire, c'est me paumer. Désolé, Dave.

— Tu dois pas l'être autant que Fullbright.

— On a coincé Billy Jim et Charleen à Chatsworth, annonça Ken Barker. Grâce à l'avis de recherche lancé par Estaca. (Il portait une veste en peau retournée.) Désolé qu'on n'ait pas voulu me passer ton coup de fil : j'étais chez moi.

— Je suis ravi que tout le monde soit désolé.

— Pourquoi tu n'as pas dit que tu étais blessé ? demanda Amanda.

— Je vais bien, assura Dave. J'étais à trois cents kilomètres d'ici. Qu'est-ce que tu aurais pu faire ?

On était en train d'approcher la civière de l'ambulance ouverte. Les pieds se replièrent avec un léger claquement et l'espace d'une seconde, il eut l'impression de voler.

— Arrête de prendre cet air terrifié ! lui cria-t-il.

— On te suit ! répondit-elle.

Les portes de l'ambulance claquèrent. L'intérieur était brillamment éclairé. Le gros infirmier noir accrocha des flacons de plasma. La sirène se mit à mugir. Le moteur à rugir. L'ambulance s'ébranla. Le Noir enfonça une grosse aiguille luisante dans une veine du bras de Randy, puis il en fit autant à Dave. Son bras était tellement amoché qu'il perdit conscience. Les tubes et les flacons se balançaient avec les cahots. Dave jeta un coup d'œil à Randy. Il n'était plus verdâtre. Il lui sourit faiblement.

– Merci, dit-il. Un plaisir, ce bain de minuit avec toi !

– Je n'avais pas prévu qu'on te tirerait dessus, dit Dave.

– C'était ma faute. J'ai perdu du temps pour me changer.

– Pourquoi la robe en résille ?

– J'ai pensé qu'il aurait l'idée de prendre la mer. C'était logique, non ? Et puis, quoi de plus indiqué pour une jeune dame élégante qui part en croisière par une chaude nuit d'été ?

Impression réalisée sur CAMERON par

BUSSIÈRE CAMEDAN IMPRIMERIES

GROUPE CPI

à Saint-Amand-Montrond (Cher)
en janvier 2001

Imprimé en France
Dépôt édit : 9302-01/2001
Édition 01
N° d'impression : 01003/4/4
ISBN : 2-7024-2956-4